U0095291

博尔赫斯作品系列

恶棍列传

[阿根廷] 豪·路·博尔赫斯 著

王永年 译

浙江文艺出版社

代序①

冒着犯下时代错误(这一罪过虽然没有列入刑法却为概率论和常理所不容)的危险,我们现摘录将于 2074 年在智利的圣地亚哥出版的《南部美洲百科全书》的一个词条。我们省却了个别可能给人以不恭感觉的段落并对肯定不符合现代人口味的行文做了适当的调整。这个词条的内容如下:

博尔赫斯,豪尔赫·弗朗西斯科·伊西多罗·路易斯　作家和自修学者,1899 年生于当时的阿根廷首都布宜诺斯艾利斯城。去世日期不详,因为作为当时的文学品类的报纸在当地的历史学家们如今正在评述的那场大战乱期间全部遗失了。他的父亲是心理学教师。他是诺拉·博尔赫斯(寡居)的哥哥。他爱好文学、哲学和伦理学。在文学方面,他为我们留下了一些作品,

---

① 本文博尔赫斯写于 1974 年,附于埃梅塞出版社三卷本《博尔赫斯全集》文末,作为全集"结语"。现移置于此,以作"博尔赫斯作品系列"的序言。

从这些作品中我们可以看到他的某些致命的局限。比如，对西班牙文学，除了克韦多的作品之外，他始终都不喜欢。他的朋友路易斯·罗萨莱斯认为《贝雪莱斯和西吉斯蒙达历险记》的作者根本就不可能写得出《堂吉诃德》。这部小说，当然，是得到博尔赫斯赏识的少数作品之一；他看得上眼的还有伏尔泰、斯蒂文森、康拉德和埃萨·克罗斯的著作。他喜欢写短篇小说，这一点使我们想起了爱伦·坡在赞赏某些东方国家的诗风时说过的那句名言："没有别的什么更像一首长诗。"① 至于形而上学，只要提一提那部《巴鲁克·斯宾诺莎要义》(1975)就足够了。他虽然只是似乎在日内瓦受过正式的中学教育（对此，评论界至今还在查证之中），却曾在布宜诺斯艾利斯大学、得克萨斯大学和哈佛大学授过课。他是卡约大学和牛津大学的荣誉博士。有传闻说他在考试中从不提问，只是请学生随意就命题的某个方面发表见解。他不限定日期，总是说他自己就没有日期的概念。他讨厌开列参考书目，认为参考书籍会使学生舍本逐末。

他庆幸自己属于其姓氏所代表着的资产阶级。他觉得平民和贵族全都耽于金钱、赌博、体育运动、民主狂热、追逐功名和争出风头，几乎没有差别。他于 1960 年前后加入了保守党，因为（他说）"它无疑是唯一不会煽起狂热的政党"。

有一大堆专题和辩论文章断言博尔赫斯一生中享尽荣华，

---

① 原文为英文。

这种名声至今仍然让我们疑惑。我们发现对此最不能理解的竟是他本人。他生平就怕人家说他虚张声势和言不由衷或者二者兼而有之。时至今日，这种说法已经秘不可测，我们将继续探究其中的奥妙。

尤其不应忘记博尔赫斯生活的年代适逢国家处于没落时期。他出自军人家庭，非常怀念先辈们那可歌可泣的人生。他深信勇敢是男人难得能有的品德之一，但是，像其他许多人一样，信仰却使他崇敬起了下流社会的人们。所以，他的作品中流传最广的是通过一个杀人凶手之口讲出来的故事《玫瑰角的汉子》。他为谣曲填词，讴歌同一类的杀人犯。他为某个小诗人写了一篇感人的传记，那人唯一的功绩就是发掘出了妓院里的常用词语。独幕喜剧的作者们早就已经营造出了一个本质上属于博尔赫斯的世界了，但是有教养的人们却不可能胸怀坦荡地欣赏那些节目。他们为那个给了他们这一乐趣的人欢呼叫好是可以理解的。他秘而不宣的而且说不定竟是下意识的苦心则是编造出一个压根儿就未曾存在过的布宜诺斯艾利斯的神话。因此，年复一年，他于不知不觉中而且完全没有料到竟然助长了对残忍暴行的推崇，这种推崇最后演变成了对高乔人、对阿蒂加斯和对罗萨斯的崇拜。

现在再来看看他的另一个侧面。尽管卢戈内斯发表了《奇异的力量》(1906)，一般来说，阿根廷的叙事散文没有超出辩辞、讥讽和记俗的范围。受北方作家们的作品的影响,博尔赫斯将散文提高到了融入幻想成分的境界。格罗萨克和雷耶斯教会了他简化用词,因为当时语言中充斥着古怪的不规范词语,如:acomplejado, búsqueda, concientizar, conducción, coyuntural, agresividad, alienación, grupal, negociado, promocionarse, recepcionar, sentirse motivado, sentirse realizado, situacionismo, verticalidad, vivenciar...语言科学院本该能够劝阻人们使用这类词语,但却没有挺身而出。惯于使用这类词语的人们于是就公开赞扬博尔赫斯的文风。

博尔赫斯是否曾在内心深处对自己的命运感到过不满呢?我们猜想他会的。他已经不再相信自由意志,而是喜欢重复卡莱尔的这句名言:"世界历史是我们被迫阅读和不断撰写的文章,在那篇文章里面我们自己也在被人描写着。"

可以参见布宜诺斯艾利斯的埃梅塞出版社出版的他的《全集》①,其编排遵循了相当严格的时间顺序。

豪·路·博尔赫斯　著

林之木　译

① 《博尔赫斯全集》全球中文简体字版版权,由浙江文艺出版社独家引进,并初版于1999年11月。

目　录

恶棍列传

（1935）

谨以本书献给 S.D.，英国人，不可计数而又唯一的天使。此外，我还要把我保全下来的我自己的核心奉献给她——那个与文字无关的，不和梦想做交易的，不受时间、欢乐、逆境触动的核心。

初版序言

　　本书所收的散文叙事作品是1933年至1934年间写的。我认为写作的起因是重看了斯蒂文森和切斯特顿[①]的作品,冯·斯登堡[②]的前期电影,也许还有埃瓦里斯托·卡列戈的传记。有些写作方法可能不对头:列举的事实不一致、连续性突然中断、一个人的生平压缩到两三个场景(《玫瑰角的汉子》那篇小说就有这种情况)。它们不是,也无意成为心理分析小说。

　　至于卷末的魔幻例子,我除了作为译者和读者以外没有别的权利。有时候,我认为好读者比好作者是更隐秘、更独特的诗人。谁都不会否认,瓦莱里[③]把创造灵感归诸他的前辈埃德蒙·泰斯特的那些篇章明显地不如他归诸他的妻子和朋友们

----

① 切斯特顿(1874—1936),英国新闻记者、作家,写有传记、小说、散文、剧本和有关历史的作品。1922年信奉天主教,著作表现了宗教观点。
② 冯·斯登堡(1894—1969),好莱坞导演,生于维也纳,1930年在德国拍摄了著名影片《蓝天使》。
③ 瓦莱里(1871—1945),法国象征派诗人,提倡纯诗。埃德蒙·泰斯特是他的名作《与泰斯特先生促膝夜谈》中的人物。

的篇章。

阅读总是后于写作的活动：比写作更耐心、更宽容、更理智。

豪·路·博尔赫斯

1935年5月27日，布宜诺斯艾利斯

1954 年版序言

　　我想说巴罗克风格故意竭尽（或者力求竭尽）浮饰之能事，到了自我讽刺的边缘。一八八几年，安德鲁·兰试图模仿蒲柏[①]翻译的《奥德赛》，但不成功；作品成了戏谑之后，作者就不能再夸张了。巴罗克是一种演绎方式的名称；18 世纪时，用它形容 17 世纪的建筑和绘画的某种过滥的风格；我想说，一切艺术到了最后阶段，用尽全部手段时，都会流于巴罗克。巴罗克风格属于智力范畴，萧伯纳声称所有智力工作都是幽默的。在巴尔塔萨·格拉西安的作品里，这种幽默并不自觉；在约翰·多恩的作品里则是自觉或默认的。

　　本集小说的冗长的标题表明了它们的巴罗克性质。如果加以淡化，很可能毁了它们；因此，我宁愿引用《圣经》里的这句话：我所写的，我已经写上了（《约翰福音》，第十九章第二十二节），事过二十年后，仍按原样重印。当年我少不更事，不敢写短

---

① 蒲柏(1688—1744)，英国诗人，曾翻译古希腊荷马史诗《伊利亚特》和《奥德赛》。

篇小说，只以篡改和歪曲（有时并不出于美学考虑）别人的故事作为消遣。从这些暧昧的试作转而创作一篇煞费苦心的小说《玫瑰角的汉子》，用一位祖父的祖父的姓名——弗朗西斯科·布斯托斯——署名，得到了意想不到的、有点神秘的成功。

小说文字有郊区语气，然而可以察觉出其中插进了一些"脏腑"、"会谈"等文雅的字。我之所以这么做，是因为平头百姓也追求高雅，或者因为（这个理由有排他性，但也许是真实的）他们也是个别的人，说起话来不总是像纯理论的"哥们"。

大乘禅师教导说四大皆空。这本书是宇宙中一个微乎其微的部分，就本书而言，禅师们的话很有道理。书里有绞刑架和海盗，标题上有"恶棍"当道，但是混乱之下空无一物。它只是外表，形象的外表；正因为这一点，也许给人以欢乐。著书人没有什么本领，以写作自娱；但愿那种欢乐的反射传递给读者。我在《双梦记及其他》里增加了三篇新作。

豪·路·博尔赫斯

心狠手辣的解放者莫雷尔

源远流长

1517年,巴托洛梅·德拉斯卡萨斯[1]神甫十分怜悯那些在安的列斯群岛金矿里过着非人生活、劳累至死的印第安人,他向西班牙国王卡洛斯五世[2]建议,运黑人去顶替,让黑人在安的列斯群岛金矿里过非人生活,劳累至死。他的慈悲心肠导致了这一奇怪的变更,后来引起无数事情:汉迪[3]创作的黑人民乐布鲁斯,东岸画家文森·罗齐博士在巴黎的成名,亚伯拉罕·林肯神话般的伟大业绩,南北战争中死了五十万将士,三十三亿美元的退伍军人养老金,传说中的法鲁乔[1]的塑像,西班牙皇家学院字典第十三版收进了"私刑处死"一词,场面惊人的电影

---

① 巴托洛梅·德拉斯卡萨斯(1474—1566),西班牙教士,在墨西哥恰巴斯任主教,曾十二次渡海回国,为印第安人请命。

② 原文似有误,疑为卡洛斯一世(1500—1558),西班牙哈布斯堡王朝统治者,1516年至1556年在位,即神圣罗马帝国皇帝查理五世。

③ 汉迪(1873—1958),美国黑人乐队指挥、短号吹奏家、作曲家,有"布鲁斯之父"之称,著有《圣路易斯布鲁斯》等。

④ 法鲁乔,阿根廷黑人士兵安东尼奥·路易斯的绰号,1824年2月7日在秘鲁卡亚俄因拒绝向西班牙国旗持枪致敬,被枪决。阿根廷首都的雷蒂罗广场现有他的青铜塑像。

《哈利路亚》①,索莱尔②在塞里托率领他部下的肤色深浅不一的混血儿,白刃冲锋,某小姐的雍容华贵,暗杀马丁·菲耶罗的黑人,伤感的伦巴舞曲《花生小贩》,图森特·劳弗丢尔③像拿破仑似的被捕监禁,海地的基督教十字架和黑人信奉的蛇神,黑人巫师的宰羊血祭,探戈舞的前身坎东贝舞④,等等。

此外,还有那个好话说尽、坏事做绝的解放者拉萨鲁斯·莫雷尔的事迹。

地 点

世界上最大的河流,诸江之父的密西西比河,是那个无与伦比的恶棍表演的舞台(发现这条河的是阿尔瓦雷斯·德比内达,第一个在河上航行探险的是埃尔南多·德索托⑤上尉,也就是那个征服秘鲁的人,他教印加王阿塔华尔帕⑥下棋来排遣监禁的岁月。德索托死后,水葬在密西西比河)。

----

① 《哈利路亚》,美国 1930 年摄制的以黑人和宗教为题材的电影。
② 索莱尔(1793—1849),阿根廷将军、政治家,独立战争中曾指挥 1812 年的塞里托战役。罗萨斯独裁期间,移居蒙得维的亚。
③ 图森特·劳弗丢尔(1743—1803),多米尼加反抗法国统治的黑人领袖,起义成功后,颁布宪法,自任终身总统。后被监禁,死于法国。
④ 坎东贝舞,南美黑人一种动作怪诞的舞蹈。
⑤ 埃尔南多·德索托(1500?—1542),西班牙军人,和比萨罗一起征服秘鲁。被任命为古巴总督,1539 年征服佛罗里达,在现属美国的东南部探险,发现了密西西比河。
⑥ 阿塔华尔帕(1500—1533),最后一个印加王,秘鲁皇帝,受西班牙军人比萨罗欺骗遭监禁,虽献出满满一间屋子的黄金,仍于 1533 年被处死。

密西西比河河面广淼，是巴拉那、乌拉圭、亚马孙和奥里诺科几条河的无穷无尽而又隐蔽的兄弟。它源头混杂；每年夹带四亿多吨泥沙经由墨西哥湾倾注入海。经年累月，这许多泥沙垃圾积成一个三角洲，大陆不断溶解下来的残留物在那里形成沼泽，上面长了巨大的柏树，污泥、死鱼和芦苇的迷宫逐渐扩展它恶臭而阒寂的疆界和版图。上游阿肯色和俄亥俄一带也是广袤的低隰地。生息在那里的是一个皮肤微黄、体质孱弱、容易罹热病的人种，他们眷恋着石头和铁矿，因为除了沙土、木材和混浊的河水之外，他们一无所有。

众　人

19 世纪初期（我们这个故事的时代），密西西比河两岸一望无际的棉花地是黑人起早摸黑种植的。他们住的是木板小屋，睡的是泥地。除了母子血缘之外，亲属关系混乱暧昧。这些人有名字，姓有没有都无所谓。他们不识字。说的英语拖字带腔，像用假嗓子唱歌，音调很伤感。他们在工头的鞭子下弯着腰，排成一行行地干活。他们经常逃亡；满脸大胡子的人就跨上高头大马，带着凶猛的猎犬去追捕。

他们保持些许动物本能的希望和非洲人的恐惧心理，后来加上了《圣经》里的词句，因此他们信奉基督。他们成群结伙地用低沉的声音唱"摩西①降临"。在他们的心目中,密西西比河正是污浊的约旦河的极好形象。

这片辛劳的土地和这批黑人的主人都是些留着长头发的老爷,饱食终日,贪得无厌,他们住的临河的大宅第,前门总是用白松木建成仿希腊式。买一个身强力壮的奴隶往往要花一千美元,但使唤不了多久。有些奴隶忘恩负义,竟然生病死掉。从这些靠不住的家伙身上当然要挤出最大的利润才行。因此,他们就得在地里从早干到黑;因此,种植园每年都得有棉花、烟草或者甘蔗收成。这种粗暴的耕作方式使土地受到很大损害,没几年肥力就消耗殆尽:种植园退化成一片片贫瘠的沙地。荒废的农场、城镇郊区、密植的甘蔗园和卑隰的泥淖地住的是穷苦白人。他们多半是渔民、流浪的猎户和盗马贼。他们甚至向黑人乞讨偷来的食物;尽管潦倒落魄,他们仍保持一点自豪:为他们的纯粹血统没有丝毫羼杂而自豪。拉萨鲁斯·莫雷尔就是这种人中间的一个。

莫雷尔其人

时常在美国杂志上出现的莫雷尔的照片并不是他本人。这样一个赫赫有名的人物的真面目很少流传,并不是偶然的

---

① 摩西,《圣经》中率领希伯来人摆脱埃及人奴役的领袖。

事。可以设想,莫雷尔不愿意摄影留念,主要是不落下无用的痕迹,同时又可以增加他的神秘性……不过我们知道他年轻时其貌不扬,眼睛长得太靠拢,嘴唇又太薄,不会给人好感。后来,岁月给他添了那种上了年纪的恶棍和逍遥法外的罪犯所特有的气派。他像南方老式的财主,尽管童年贫苦,生活艰难,没有读过《圣经》,可是布道时却煞有介事。"我见过讲坛上的拉萨鲁斯·莫雷尔,"路易斯安那州巴吞鲁日一家赌场的老板说,"听他那番醒世警俗的讲话,看他那副热泪盈眶的模样,我明知道他是个色鬼,是个拐卖黑奴的骗子,当着上帝的面都能下毒手杀人,可是我禁不住也哭了。"

另一个充满圣洁激情的绝妙例子是莫雷尔本人提供的。"我顺手翻开《圣经》,看到一段合适的圣保罗的话,就讲了一小时二十分钟的道。在这段时间里,克伦肖和伙计们没有白待着,他们把听众的马匹都带跑了。我们在阿肯色州卖了所有的马,只有一匹烈性的枣红骝,我自己留下当坐骑。克伦肖也挺喜欢,不过我让他明白他可不配。"

行　径

从一个州偷了马,到另一个州卖掉,这种行径在莫雷尔的犯罪生涯中只是一个微不足道的枝节,不过大有可取之处,莫雷尔靠它在《恶棍列传》中占了一个显赫的地位。这种做法别出心裁,不仅因为决定做法的情况十分独特,还因为手段非常卑鄙,玩弄了希冀心理,使人死心塌地,又像一场噩梦似的逐渐演变发展。阿尔·卡彭和"甲虫"莫兰[1]拥有雄厚的资本和一批杀人不眨眼的亡命徒,在大城市活动。他们的勾当却上不了台面,无非是为了独霸一方,你争我夺……至于人数,莫雷尔手下有过千把人,都是发过誓、铁了心跟他走的。二百人组成最高议事会发号施令,其余八百人唯命是从。担风险的是下面一批人。如果有人反叛,就让他们落到官方手里,受法律制裁,或者扔进滚滚浊流,脚上还拴一块石头,免得尸体浮起。他们多半是黑白混血儿,用下面的方式执行他们不光彩的任务:

他们在南方各个大种植园走动,有时手上亮出豪华的戒指,让人另眼相看,他们选中一个倒霉的黑人,说是有办法让他自由。办法是叫黑人从旧主人的种植园逃跑,由他们卖到远处另一个庄园。卖身的钱提一部分给他本人,然后再帮他逃亡,最后把他带到一个已经废除黑奴制的州。金钱和自由,叮当作响的大银元加上自由,还有比这更令人动心的诱惑吗?那个黑人不顾一切,决定了第一次的逃亡。

逃亡的途径自然是水路。独木舟、火轮的底舱、驳船、前头

---

① 阿尔·卡彭和"甲虫"莫兰,20世纪初期美国黑社会的领袖人物,在芝加哥等大城市活动猖獗。

有个木棚或者帆布帐篷的大木筏都行,目的地无关紧要,只要到了那条奔腾不息的河上,知道自己在航行,心里就踏实了……他给卖到另一个种植园,再次逃到甘蔗地或者山谷里。这时,那些可怕的恩主(他已经开始不信任他们了)提出有种种费用需要支付,声称还需要把他卖一次,最后一次,等他回来就给他两次身价的提成和自由。黑人无可奈何,只能再给卖掉,干一个时期的苦力活,冒着猎犬追捕和鞭打的危险,做最后一次逃亡。他回来时带着血迹、汗水、绝望的心情,只想躺下来睡个大觉。

最终的自由

这个问题还得从法学观点加以考虑。在黑人的旧主人申报他逃亡、悬赏捉拿之前,莫雷尔的爪牙并不将他出售。因为谁都可以扣留逃亡奴隶,以后的贩卖只能算是诈骗,不能算偷盗。打官司只是白花钱,因为损失从不会得到补偿。

这种做法再保险不过了,但不是永远如此。黑人有嘴能说话。出于感激或者愁苦,黑人会吐真情。那个婊子养的奴隶坏子拿到他们给得很不情愿的一些现钱,在伊利诺伊州埃尔开罗的妓院里胡花,喝上几杯黑麦威士忌就泄露了秘密。那几年里,有个废奴党在北方大吵大闹;那帮危险的疯子不承认蓄奴的所有权,鼓吹黑人自由,唆使他们逃跑。莫雷尔不想跟那些无政府主义者平起平坐。他们不是北方扬基人,而是南方白人,祖祖辈辈都是白人。这门子买卖他打算洗手不干了,不如当个财主,自己购置大片大片的棉花地,蓄养一批奴隶,让他们排成一行行的,整天弯腰干活。凭他的经验,他不想再冒无谓的危险了。

逃亡者向往自由。于是拉萨鲁斯·莫雷尔手下的混血儿互相传递一个命令(也许只是一个暗号,大家就心领神会),给他们来个彻底解放:让他不闻不问,无知无觉,远离尘世,摆脱恩怨,没有猎犬追逐,不被希望作弄,免却流血流汗,同自己的皮囊永远诀别。只消一颗子弹,小肚子上捅一刀,或者脑袋上打一棍,只有密西西比河里的乌龟和四须鱼才能听到他最后的消息。

大祸临头

靠着心腹的帮助,莫雷尔的买卖必然蒸蒸日上。1834 年初,七十来名黑人已得到"解放",还有不少准备追随这些"幸运"的先驱。活动范围比以前大了,需要吸收新的人手。参加宣誓效忠的人中间有个名叫弗吉尔·斯图尔特的青年,阿肯色州的人,不久就以残忍而崭露头角。他的叔父是个财主,丢了许多黑奴。1843 年 8 月,斯图尔特违背了自己的誓言,检举了莫雷尔和别人。警方包围了莫雷尔在新奥尔良的住宅。不知是由于疏忽或者受贿赂,被莫雷尔钻了空子逃脱了。

三天过去了。莫雷尔一直躲在图卢兹街一座院里有许多攀缘植物和塑像的古老的宅第里。他似乎吃得很少,老是光着脚板在阴暗的大房间里踱来踱去;抽着雪茄烟,冥思苦想。他派宅第里的一个黑奴给纳齐兹城送去两封信,给红河镇送去一封。第四天,来了三个男人,和他谈到次晨。第五天傍晚,莫雷尔睡醒起身,要了一把剃刀,把胡子刮得干干净净,穿好衣服出去了。他安详地穿过北郊。到了空旷的田野,在密西西比河旁的低地上,他的步子轻快多了。

他的计划大胆得近乎疯狂。他想利用对他仍有敬畏心理的最后一些人——南方驯顺的黑人。他们看到逃跑的伙伴们有去无回,因此对自由还存奢望。莫雷尔的计划是发动一次大规模的黑人起义,攻下新奥尔良,大肆掳掠,占领这个地方。莫雷尔被出卖后摔了个大跟头,几乎身败名裂,便策划一次遍及全州的行动,把罪恶勾当拔高到解放行动,好载入史册。他带着这个目的前往他势力最雄厚的纳齐兹。下面是他自己对于这次旅行的叙述:

"我徒步赶了四天路,还弄不到马。第五天,我在一条小河边歇歇脚,打算补充一些饮水,睡个午觉。我坐在一株横倒的树干上,正眺望着前几小时走过的路程,忽然看见有个人走近,胯下一匹深色的坐骑,真俊。我一看到就打定主意夺他的马。

15

我站起身,用一支漂亮的左轮手枪对着他,吩咐他下马。他照办了,我左手抓住缰绳,右手用枪筒指指小河,叫他往前走。他走了二百来步停下。我叫他脱掉衣服。他说:'你既然非杀我不可,那就让我在死之前祷告一下吧。'我说我可没有时间听他祷告。他跪在地上,我朝他后脑勺开了一枪。我一刀划破他肚皮,掏出五脏六腑,把尸体扔进小河。接着我搜遍了衣服口袋,找到四百元零三角七分,还有不少文件,我也不费时间一一翻看。他的靴子还崭新崭新,正合我的脚。我自己的那双已经破损不堪,也扔进了小河。

"就这样,我弄到了迫切需要的马匹,以便进纳齐兹城。"

中　断

莫雷尔率领那些梦想绞死他的黑人,莫雷尔被他所梦想率领的黑人队伍绞死——我遗憾地承认密西西比河的历史上并没有发生这类轰动一时的事件。同一切富有诗意的因果报应(或者诗意的对称)相悖,他的葬身之处也不是他罪行累累的河流。1835年1月2日,拉萨鲁斯·莫雷尔在纳齐兹一家医院里因肺充血身亡。住院时用的姓名是赛拉斯·巴克利。普通病房的一个病友认出了他。1月2日和4日,有几个种植园的黑奴打算起事,但没有经过大流血就被镇压了下去。

难以置信的冒名者汤姆·卡斯特罗

　　我之所以用汤姆·卡斯特罗这个姓名,是因为1850年前后,智利的塔尔卡瓦诺、圣地亚哥和瓦尔帕莱索的大街小巷都这么叫他,如今他既然回来了——即使以幽灵的身份和作为周六的消遣①再次用这个名字也无可厚非。瓦平的出生登记册上的姓名是阿瑟·奥顿,出生日期是1834年6月7日。我们得知,他是一个屠夫的儿子,在伦敦的贫民区度过枯燥可怜的童年,感到了海洋的召唤。这种事情并不罕见。离家出海是英国传统中同父母权威决裂的做法,是英雄事迹的开端。英国地理环境鼓励这么做,甚至《圣经》里也有案可查:在海上坐船,在大水中经理事务的,他们看见耶和华的作为,并他在深水中的奇事(《旧约·诗篇》,第一百零七篇)。奥顿逃离生他养他的败落的贫民区,乘上一艘海船,望久了南方十字星座后,又像一般人

① 我用这个隐喻提醒读者,《恶棍列传》原先是在一份日报的周六副刊上陆续发表的。——原注

那样感到腻烦，一到瓦尔帕莱索港便开了小差。他有点痴呆。按照逻辑推理，很可能（并且应该）饿死。但是他浑浑噩噩的自得其乐、永不消失的微笑和无限温顺，博得了一户姓卡斯特罗的人家的好感，他们收养了他，让他改姓卡斯特罗。那次南美之行没有留下什么痕迹，但他的感激之情从未减弱，1861年在澳大利亚再露面时，一直沿用汤姆·卡斯特罗这个姓名。他在悉尼结识了一个姓博格尔的黑人男仆。博格尔并不漂亮，但气派从容庄严，同一般上了年纪、身体发福、有点地位的黑人一样，给人以工程建筑似的稳重感。他还有某些人种志的书上认为黑种人不可能有的特征：头脑灵活，会出主意。我们将在下文看到证明。他是个安分守己的人，保留着一些非洲古老的习惯，但被瑕瑜互见的加尔文教义矫正得所剩无几。除了和神交流之外（我们将在下文解释），他和常人无异，唯一不正常的地方是过马路时迟迟拿不定主意，东南西北观望很久，唯恐飞驶而来的车辆结束他的生命。

　　一天傍晚，奥顿在悉尼一个管理不善的路口看见他，正使劲下决心要逃避假想的死亡。奥顿观察了许久，上前去搀扶他，两人胆战心惊地穿过根本没有危险的马路。一种保护关系便从那天傍晚的那一刻开始形成：把握不定的庄严的黑人对瓦平出生的肥胖白痴的保护。1865年9月，两人在当地报纸上看到一则伤心的广告。

受到崇拜的人死了

1854 年 4 月末（正当奥顿受到智利人家的热情接纳时），"美人鱼"号轮船从里约热内卢驶往利物浦途中，在大西洋水域遇难。死亡名单上有罗杰·查尔斯·蒂奇伯恩，在法国受教育的英国军人，英格兰信奉天主教的名门豪族之一的长子。那位法国化的青年说的英语带有最标准的巴黎口音，引起只有法国智慧、文雅和炫耀才会引起的无比嫉恨。说来难以置信，奥顿从未见过他，但是他的死亡改变了奥顿的命运。罗杰的母亲，惊恐万状的蒂奇伯恩夫人，怎么也不相信儿子遭到不幸，在发行量最大的几家报纸上刊登伤心的寻人广告。黑人博格尔看到了广告，想出一个聪明的计划。

差别的优势

蒂奇伯恩身材颀长，气宇轩昂，黑黑的皮肤，乌油油的直头发，眼睛炯炯有神，谈吐文雅得有点过分；奥顿一副粗野的模样，腆着个大肚子，傻乎乎的神情，雀斑皮肤，栗色鬈发，迷迷糊糊的眼睛，说话含混，不知所云。博格尔的计划是让奥顿搭上第一班去欧洲的轮船，声称自己是蒂奇伯恩夫人的儿子，以便满足她的企望。这个计划妙不可言。我不妨举个简单的例子加以说明。假如1914年有谁想冒充德国皇帝，他首先要作假的是两撇朝上翘的大胡子，一条不灵便的前臂，威严的神情，灰色的斗篷，胸前挂满勋章，头上戴一顶高头盔。博格尔更为精明：他推出的是一个没有胡子的德国皇帝，没有军衔标识和鹰形勋章，左前臂显然十分健全。不需要隐喻；我们确信出现的是一个白痴蒂奇伯恩，脸上带着可爱的傻笑，栗色头发，对法语一窍不通。博格尔知道，根本不可能找到一个可以乱真的罗杰·查尔斯·蒂奇伯恩的摹本。他还知道，即使做到惟妙惟肖，某些不可避免的差别反而显得更加突出。于是他干脆不求形似。他凭直觉感到，越是无所顾忌，越能让人相信这不是骗局；越是明目张胆，越不会露出马脚。再说，万能的时间也能帮忙；在南半球闯荡了十四年之后，一个人的模样是会改变的。

另一个重要的原因是：蒂奇伯恩夫人反复刊登广告的不理智的做法表明她确信罗杰·查尔斯没有死，她一心只想认儿子。

母子相会

一向乐于助人的汤姆·卡斯特罗给蒂奇伯恩夫人写了一封信。为了证实自己的身份，他提出一个确凿的证据，说他左乳有两颗痣,还提起一件痛苦而难忘的童年旧事,就是被一窝蜜蜂蜇过。信写得很短,并且符合汤姆·卡斯特罗和博格尔的本色,毫不注意书写规则。夫人在一家凄凉的巴黎旅馆里噙着幸福的眼泪翻来覆去地看了信,不出几天,她回忆起了儿子希望她回忆的细节。

1867年1月16日,罗杰·查尔斯·蒂奇伯恩来到夫人下榻的旅馆求见。走在他前面的是他体面的仆人埃比尼泽·博格尔。冬季的那一天阳光灿烂;蒂奇伯恩夫人由于啼哭而两眼昏花。黑人打开窗子。光线起了假面具的作用:母亲认出了回头浪子,向他敞开双臂。现在他本人站在眼前,陪伴她度过凄苦的十四年的、他从巴西寄来的信件都可以抛开了。她自豪地把那些信都还给他,一封不少。

博格尔谨慎地微笑了:罗杰·查尔斯的安详的幽灵现在有了文件根据。

愈显主荣[①]

幸福的母子相认似乎完成了古典悲剧的传统,应该给这个故事画上一个完美的句号,留下三件确凿的,或者至少是可能

的幸事:真正的母亲,假冒的温顺儿子,像是天意的大团圆结局使其计划得逞的阴谋家,各得其所,三全其美。命运(我们管千百个变化不定的原因的无限运作叫做命运)却不这么安排。蒂奇伯恩夫人于1870年去世,亲戚们控告阿瑟·奥顿冒充夫人的儿子。他们没有同情的眼泪,但不乏瓜分遗产的贪婪,根本不相信这个不合时宜地从澳大利亚冒出来的、肥胖的、几乎目不识丁的回头浪子。奥顿却得到无数债权人的支持,他们指认他就是蒂奇伯恩,好让他还债。

　　他还赢得了蒂奇伯恩家的律师爱德华·霍普金斯和古董收藏家弗朗西斯·J.贝让的友谊。尽管如此,这一切还不够。博格尔认为必须依靠有力的公众舆论才能打赢官司。他拿起大礼帽和雨伞,到伦敦体面的街区寻求启示。傍晚时,博格尔漫无目的地走着,直到黄色的月亮在广场长方形的喷水池投下倒影。他得到了神示。博格尔叫了一辆马车,前去古董收藏家贝让的住家。贝让给《泰晤士报》写了一封长信,断定那个自称蒂奇伯恩的人是个厚颜无耻的骗子。信的署名是耶稣会古德隆教士。别的教士的检举信也接踵而来。这一着果然立竿见影:善良的人们纷纷猜测罗杰·查尔斯爵士是耶稣会一个可耻阴谋的牺牲品。

马　车

案件审理持续了九十天。将近一百名证人出庭作证，指认被告确是蒂奇伯恩——其中四人是龙骑兵第六兵团蒂奇伯恩的战友。支持他的人再三声明他不是冒名者，否则准会按照真人年轻时的肖像乔装打扮。此外，蒂奇伯恩夫人已经认了他，作为母亲，显然不可能搞错。一切都很顺利，或者相当顺利，直到奥顿的一个旧情人出庭后，形势急转直下。在"亲戚们"这个卑鄙的诡计面前，博格尔没有认输；他拿起礼帽和雨伞，到伦敦体面的街区去寻求第三次启示。是否找到，我们不得而知。但他快要走到樱草山时，多年来一直追踪他的可怕的马车撞上了他。博格尔眼看马车驶来，大叫一声，但没能躲避。他猛然倒地。老马踉踉跄跄的蹄子踩碎了他的脑袋。

幽　灵

汤姆·卡斯特罗是蒂奇伯恩的幽灵，然而是博格尔的天才所附的可怜的幽灵。听说博格尔出了车祸已经身亡时，他彻底崩溃了。他继续撒谎，但是底气不足，前后矛盾，漏洞百出。结果可想而知。

1874 年 2 月 27 日,阿瑟·奥顿(别名汤姆·卡斯特罗)被判处十四年强制劳动。他在监狱里很有人缘,他生来就是这样。由于表现良好,刑期减了四年。出狱后,他在联合王国城镇到处流浪,发表简短的谈话,宣称自己无辜或者承认有罪。他一如既往地谦逊和希望讨好别人,往往以自我辩解开头,以忏悔告终,完全根据听众的喜好而定。

他死于 1898 年 4 月 2 日。

女海盗金寡妇

提起"女海盗"一词,难免引起不太舒服的回忆,让人想起一个已经过时的说唱剧,但在仆妇下女们津津乐道的闲谈中,歌舞演员扮演的女海盗成了形形色色的卡通片里的人物。历史上确实有过女海盗:那些妇女航海本领高明,把桀骜不驯的船员控制得服服帖帖,把远洋船舶追逐和掠夺得叫苦不迭。其中一个是玛丽·里德,她曾宣称海盗这一行不是人人都能干的,若要干得有声有色,必须像她那样是个真正的男子汉。她初出茅庐,还没有当上首领时,她的情人之一遭到船上一个混混儿的侮辱。玛丽向他挑战,按照加勒比海岛屿上的老习惯,决斗时双手都有武器:左手拿一把准头不高的长筒手枪,右手握一把靠得住的佩剑。手枪没有打中,但佩剑毫不含糊……1720年,玛丽·里德的冒险生涯在圣地亚哥德拉维加(牙买加)被西班牙的绞刑架打断。

那一带海域的另一个女海盗名叫安妮·邦尼,她是爱尔兰人,长得光彩照人,高耸的乳房,火红的头发,接舷近战时,她不止一次冒险跳上敌船。她和玛丽·里德既是战友,最后又是绞刑架上的伙伴。她的情人,约翰·拉克姆船长,也在那个场合给套上绞索。安妮用艾克萨责备博阿布迪尔①的话鄙夷地责备拉克姆说:"假如你像个男子汉那样战斗,你就不会像条狗似的被人绞死。"

另一个出没于亚洲水域,从黄海到安南界河一带活动的女海盗运气比较好,活得比较长。我说的是久经征战的金寡妇。

十年磨一剑

1797 年前后,黄海众多的海盗船队的股东们成立了康采恩,任命一个老谋深算、执法严厉的姓金的人充当首领。他毫不留情地在沿海打家劫舍,当地居民水深火热,向朝廷进贡,痛哭流涕地请求救援。他们的哀求邀得圣听:朝廷下令,叫他们烧毁村落,抛弃捕鱼捉虾的行当,迁到内地去从事他们所不熟悉的农业。他们照办了,入侵者发现沿海地区荒无人烟,大失所望,不得不转而袭击过往船舶:这种行径比打家劫舍更为恶劣,因为商业受到了严重干扰。帝国政府当机立断,下令叫先

---

① 博阿布迪尔,格拉纳达最后一个摩尔人的国王,1492 年被西班牙征服。艾克萨是博阿布迪尔的母亲,曾教导儿子要捍卫男子汉的尊严。

前的渔民放弃农耕,重操旧业。他们心有余悸,唯恐受二茬罪,竟然聚众抗命,当局便决定采取另一个办法:任命金姓首领为御马监总管。金打算接受招安。股东们听到了风声,用一碗下了毒的辣芝麻菜和米饭表达了他们的义愤。金因为口腹之欲丧了性命:先前的首领、新任命的御马监总管便去龙王那里报到了。他的寡妇被双重叛卖气得七窍生烟,立刻召集海盗们议事,披露了当前复杂的情况,敦促大家拒绝皇帝的假招安和爱好下毒的股东们的背信弃义。她提议自主行劫,推选一位新首领。结果她自己当选。这个女人身材瘦削,轮廓分明,老是眯缝着眼睛,笑时露出蛀牙。

在她镇定的指挥下,海盗船驶向公海和危险。

指挥有方

有条不紊的冒险持续了十三年。船队由六个小队组成,分别悬挂红、黄、绿、黑、紫色旗和指挥舰的蟒蛇旗。小队头目名叫鸟石、潮戒、队宝、鱼浪和呆日。金寡妇亲自拟订的规章严厉非凡,简洁明了的文字排除了官样文章虚张声势的冗词赘句(下文有例子说明)。现在我不妨摘录几条规章:

从敌船搬来的一切财物均应入库,登记造册。海盗各自的缴获二成归己，八成归公。违反本款者斩。

　　未经特准、擅离职守的海盗，初犯者当众凿耳，再犯者斩。

　　严禁在甲板上与掳掠来的民女交欢；此事只能在底舱内进行，并征得主管准许。违反本款者斩。

　　俘虏提供的报告证实，海盗们的伙食主要是硬饼干、船上饲养的硕鼠和米饭，战斗的日子常在酒里加些火药。空闲的时候玩纸牌和骰子，喝酒，"番摊①"押宝，厮守着小油灯抽鸦片烟。接舷作战前往自己的脸上和身上抹大蒜水；作为防止火器伤害的护身符。

　　船员带老婆出海，首领带妻妾，一般都有五六个，打了胜仗后往往全部更新。

年轻皇帝嘉庆发话

　　1809年年中，皇帝下了一道敕令，现将首末两段摘录如下。许多人对敕令的文笔啧有微词：

　　无赖刁民，暴殄天物，无视税吏之忠言，不顾孤儿之哀

---

① 番摊，中国南方沿海地区的一种赌博，和西方的轮盘赌相似。

号,身为炎黄子孙,不读圣贤之书,挥泪北望,有负江川大海之厚德。寄身破船弱舟,夙夜面临风暴。用心叵测,绝非海上行旅之良友。无扶危济困之意,有攻人不备之心,掳掠残杀,荼毒生灵,天怒人怨,江海泛滥,父子反目,兄弟阋墙,旱涝频仍……

……为此,朕命水师统带郭朗前去征讨海盗,予以严惩。宽大乃皇帝之浩恩,臣子不得僭越,切记切记。务必残酷无情,克尽厥责,奏凯回朝,朕有厚望焉。

敕令所说的"破船弱舟"自然没有根据。目的无非是提高郭朗出征的勇气而已。九十天后,金寡妇的船队和中央帝国的船队开仗。将近一千条船从早打到天黑。钟鼓声、火炮声、咒骂声、呐喊声、鸣金声响成一片。帝国的水师大败亏输。敕令里禁止的宽大和要求的残酷都没有机会实现。郭朗的做法是我们西方将领们吃了败仗时不会采取的:他自杀了。

惊慌的海岸

趾高气扬的寡妇率领六百条战船和四万名得胜的海盗,长驱直入,进了西江口,所到之处烧杀掳掠,害得许多孩子丧了爹娘。不少村庄被夷为平地。仅仅从一个村庄里掳走的人就超过一千。一百二十名妇女躲进附近的芦苇丛和稻田，由于止不住一个婴儿的哭声，被发现后给卖到澳门。这次掠夺造成的哭喊虽然相隔遥远，仍传到嘉庆天子的耳边。据某些历史学家说，使嘉庆更伤心的是讨伐的惨败。有一点可以确定：他组织了第二次讨伐船队，配备大量水手士兵，武器粮草，经过占星问卜后，选了一个黄道吉日，大张旗鼓，浩浩荡荡地出发了。这次的帅印交给一个名叫丁贵的官员。船队开进西江三角洲，截断海盗船队的退路。金寡妇准备迎战。她知道这场战斗十分艰难，几乎没有取胜的可能；几个月来，她手下的人奸淫掳掠，斗志丧失殆尽。战斗一直没有开始。太阳懒洋洋地升起，又懒洋洋地落到摇曳的芦苇上。人们按兵不动。中午火伞高张，午睡没有尽头。

龙与狐狸

尽管如此，轻灵的龙旗每天傍晚从帝国的船队腾空而起，徐徐落到江面和敌船甲板上。那是用纸和芦苇秆扎的风筝似的东西，银白或红色的纸面上写着同样的字句。金寡妇急切地察看那些飞行物，上面写的是龙和狐狸的寓言，狐狸老是忘恩负义，为非作歹，龙却不计前嫌，一直给狐狸以保护。天上月圆又缺，纸和芦苇秆扎的东西每天傍晚带来同样的消息，即使稍有变化也难以察觉。金寡妇痛苦地陷入沉思。当月亮在天上变圆,在水面泛红时,故事仿佛要收尾了。谁都说不准落到狐狸头上的是无限的宽恕或者无限的惩罚,但是不可避免的结局已经逼近。金寡妇恍然大悟。她把双剑扔到江里,跪在一条小船上,吩咐手下人向帝国的指挥舰驶去。

傍晚时分,天空中满是龙旗,这次是杏黄色的。金寡妇喃喃说:"狐狸寻求龙的庇护。"然后上了大船。

精彩的结局

编年史家记载说狐狸得到了赦免,晚年从事鸦片走私。她不再叫金寡妇了,起了另一个名字,叫"慧光"。

从那天起(一位历史学家写道),船舶重新得到太平。五湖四海成了安全的通途。

农民们卖掉刀剑,换来耕牛种地。他们在山顶祭祀祈祷,白天在屏风后面唱歌作乐。

作恶多端的蒙克·伊斯曼

南美的打手

在寥廓天幕的衬托下，两个身穿黑色衣服、脚登高跟鞋的打手在跳一个性命攸关的舞，也就是一对一的拼刀子的舞蹈，直到夹在耳后的石竹花掉落下来，因为刀子捅进其中一个人的身体，把他摆平，从而结束了没有音乐伴奏的舞蹈。另一个人爱莫能助，戴好帽子，把晚年的时光用来讲述那场堂堂正正的决斗。这就是我们南美打手的全部详尽的历史。纽约打手的历史要芜杂卑鄙得多。

北美的打手

纽约黑帮的历史（赫伯特·阿斯伯里 1928 年出版的一本八开四百页装帧体面的书里作了披露）像野蛮人的天体演化论那样混乱残忍而庞杂无章，织成这部历史的是：黑人杂居的废弃的啤酒店的地下室；多为破败的三层楼建筑的纽约贫民区；在迷宫般的下水道系统里出没的"沼泽天使"之类的亡命徒帮派;专门收罗十来岁未成年杀手的"拂晓少年"帮;独来独往、横行不法的"城郊恶棍"帮,他们多半是彪形大汉,头戴塞满羊毛的大礼帽,衬衫的长下摆却飘在裤子外面,右手握着一根大棒,腰里插着一把大手枪,叫人看了啼笑皆非;投入战斗时用长棍挑着一头死兔当做旗帜的"死兔"帮;"花花公子"约翰尼·多兰,油头粉面,夹着一根猴头手杖,大拇指套着一个铜家伙,打架时专门剜对手的眼珠;"猫王"彭斯能一口咬下一只活耗子的脑袋;"瞎子"丹尼·莱昂斯,金黄色头发、大眼睛失明的妓院老板,有三个妓女死心塌地为他卖笑;新英格兰七姐妹经营的红灯区一排排堂子,她们把圣诞夜的盈利捐赠慈善事业;饿老鼠和狗乱窜的斗鸡场;呼卢喝雉的赌场;几度丧夫的"红"诺拉,"田鼠"帮的历届头子都宠爱她,带她招摇过市;丹尼·莱昂斯被处决后为他服丧的"鸽子"利齐,结果被争风吃醋的"温柔的"马吉割断了喉管;1863年疯狂一周的骚乱,烧掉了一百所房屋,几乎控制全市;会把人踩死的街头混战;还有"黑鬼"约斯克之类的盗马贼和投毒犯。他们之中鼎鼎大名的英雄是爱德华·德莱尼,又名威廉·德莱尼,又名约瑟夫·马文,又名约瑟夫·莫里斯,又名蒙克·伊斯曼,是一千二百条汉子的头目。

英　雄

　　那些扑朔迷离的假姓名像累人的假面游戏一样，叫人搞不清楚究竟谁是谁，结果反倒废了他的真姓名——假如我们敢于设想世上真有这类事。千真万确的是，布鲁克林威廉斯堡的户籍登记所里的档案表明他的姓名是爱德华·奥斯特曼，后来改成美国化的伊斯曼。奇怪的是那个作恶多端的坏蛋竟是犹太人。他父亲是一家饭馆的老板，饭馆按照犹太教规调制食品，留着犹太教博士胡子的先生们可以在那家饭馆放心吃按规矩屠宰、放净血水、漂洗三遍的羊肉。1892年，他十九岁，在父亲的帮助下开了一家兼卖猫狗的鸟店。他探究那些动物的生活习惯，观察它们细小的决定和捉摸不透的天真，这种爱好终生伴随着他。他极盛时期，连纽约民主党总部满脸雀斑的干事们敬他的雪茄都不屑一顾，坐着威尼斯平底船似的豪华汽车去逛最高级的妓院时，又开了一家作为幌子的鸟店——里面养了一百只纯种猫和四百只鸽子——再高的价钱都不出售。他宠爱每一只猫，巡视他的地盘时，往往手里抱一只猫，背后跟着几只。

　　他的模样像是一座有缺损的石碑。脖子短得像公牛，胸膛宽阔结实，生就两条善于斗殴的长手臂，鼻梁被打断过，脸上伤疤累累,身上的伤疤更多,罗圈腿的步态像是骑师或者水手。他可以不穿衬衫,不穿上衣,但是他大脑袋上总是有一只短尾百灵鸟。他的肩膀给人留下深刻印象。从体型来说,电影里常规的杀手都是模仿他,而不是模仿那个没有男子汉气概的、松松垮垮的卡彭。据说好莱坞之所以聘请沃尔汉姆是因为他的形象叫观众马上想起那个声名狼藉的蒙克·伊斯曼……他巡视他的亡命徒帝国时肩头栖息着一只蓝色羽毛的鸽子,正如背上停着一只伯劳鸟的公牛。

1894 年,纽约市有许多公共舞厅,伊斯曼在其中一家负责维持秩序。传说老板不想雇他,他三下五除二打趴了舞厅原先雇用的两个彪形大汉,显示了他的实力。他一人顶替了两人的位置,无人敢招惹,直到 1899 年。

他每平息一次骚乱就用刀子在那根吓人的大棒上刻一道。一晚,一个贼亮的秃头喝得酩酊大醉,引起了他的注意,他一棍子就打昏了秃头。"我的棍子正好差一道,就凑成五十整数!"他后来说。

霸据一方

从 1899 年开始,伊斯曼不仅是一个赫赫有名的人物。他成了一个重要选区的把头,向他管辖范围内的妓院、赌场、街头野雄和流氓小偷收取大笔孝敬。竞选委员会和个人经常找他干些害人的勾当。他订有酬劳价目表：撕下一只耳朵十五美元，打断一条腿十九美元，用手枪打伤一条腿二十五美元，身上捅一刀二十五美元，彻底解决一百美元。伊斯曼曲不离口、拳不离手，有时候亲自出马执行委托任务。

由于地盘问题（这是国际法尽量拖延的微妙而伤和气的问题之一），他同另一个黑帮的头目保罗·凯利正面冲突起来。巡逻队的枪战和斗殴确定了地界。一天凌晨，伊斯曼越境，五条大汉扑了上来。他凭猿猴般敏捷的手臂和大棒打翻了三个对手，但是肚子上挨了两颗枪子，对方以为他已经毙命，呼啸而散。伊斯曼用大拇指和食指堵住枪眼，像喝醉酒似的摇摇晃晃自己走到医院。他发着高烧，在生死线上挣扎了好几个星期，但守口如瓶，没有举报任何人。他出院后，火并已成定局，枪战愈演愈烈，直到1903年8月19日。

里文顿之役

百来个同照片不太相像、逐一从罪犯登记卡上消失的英雄，浸透了酒精和烟草烟雾，头戴彩色帽箍的草帽，或多或少都有花柳病、蛀牙、呼吸道疾患或肾病，像特洛伊或胡宁战争的英雄们一样微不足道或者功勋彪炳，这百来个英雄在纽约高架铁路拱形铁架的影子下面展开了那场不光彩的武装斗争。起因是凯利手下的泼皮向一家赌场老板,蒙克·伊斯曼的同伙,勒索月规钱。一个枪手毙命,紧接而来的是无数手枪参加的对射。下巴刮得很光洁的人借着高大柱子的掩护不声不响地射击,满载手握科尔特左轮枪、迫不及待的援军的出租汽车接连不断地赶到现场,增添了吓人的气氛。那场战斗的主角们是怎么想的呢? 首先,(我认为)百来支手枪震耳欲聋的轰响使他们觉得马上就会送命;其次,(我认为)他们错误地深信,只要开头的一阵枪弹没有把他们撂倒,他们就刀枪不入了。事实是他们借着铁架和夜色的掩护打得不可开交。警方两次干预,两次被他们打退。天际刚露鱼肚白,战斗像是淫秽的勾当或者鬼怪幽灵,突然销声匿迹。高架铁路的拱形支架下面躺着七个重伤的人、四具尸体和一只死鸽子。

咬牙切齿

　　蒙克·伊斯曼为之服务的本区政客们一贯公开否认他们的地区有帮派存在,他们解释说那只是一些娱乐性的社团。里文顿肆无忌惮的火并使他们感到惊慌。他们召见了两派的头目,吩咐他们必须和解。凯利知道,为了稳住警方,政客们比所有的科尔特手枪更起作用,当场就表示同意;伊斯曼凭自己一身蛮力,桀骜不驯,希望在枪头上见高低。他拒不从命,政客们不得不威胁他,要送他进监狱。最后,两个作恶多端的头目在一家酒吧里谈判,每人嘴里叼着一支雪茄,右手按在左轮枪上,身后簇拥着各自的虎视眈眈的打手。他们作出一个十分美国式的决定:举行一场拳击比赛解决争端。凯利是个出色的拳击手。决斗在一个大棚子里举行。出席的观众一百四十人,其中有戴着歪歪扭扭的大礼帽的地痞流氓,也有发型奇形怪状的妇女。拳击持续了两小时,结果双方都打得筋疲力尽。一星期后,枪战又起。蒙克被捕,这次也记不清是第几回了。保护人如释重负地摆脱了他,法官一本正经地判了他十年徒刑。

伊斯曼对抗德国

当蒙克莫名其妙地从辛辛监狱里出来时,他手下一千二百名亡命徒早已树倒猢狲散。他无法把他们重新召集拢来,只得单干。1917 年 9 月 8 日,他在公共场所闹事。9 日,他决定参加另一场捣乱,报名参加了一个步兵团。

我们听说了他从军的一些事迹。我们知道他强烈反对抓俘虏,有一次单用步枪枪托就阻挡了这种不解气的做法。我们知道他从医院里逃出来又回到战场。我们知道他在蒙特福松一役表现突出。我们知道,他事后说纽约波威里街小剧院里的舞蹈比欧洲战争更带劲。

神秘而合乎逻辑的结局

1920 年 12 月 25 日凌晨,纽约一条繁华街道上发现了蒙克·伊斯曼的尸体。他身中五弹。一只幸免于难的、极普通的猫迷惑不解地在他身边逡巡。

杀人不眨眼的比尔·哈里根

亚利桑那的土地比任何地方都更壮阔：亚利桑那和新墨西哥州的土地底下的金银矿藏遐迩闻名，雄伟的高原莽苍溟濛、色彩炫目，被猛禽叼光皮肉的动物骨架白得发亮。那些土地上还有"小子"比来的形象：坐在马背上纹丝不动的骑手，追命的枪声惊扰沙漠、玩魔术似的老远发出不可见的、致人死命的子弹的青年人。

金属矿脉纵横交错的沙漠荒凉而闪烁发光。二十一岁就送命的、几乎还是孩子的比来为人所不齿，他欠了二十一条人命——"墨西哥人还不计在内"。

早 年

那个日后成为威震一方的"小子"比来的人于 1859 年出生在纽约一个大杂院的地下室。据说他母亲是个子女众多的爱尔兰女人，但他在黑人中间长大。混杂在那些散发汗臭、头发鬈曲的黑孩子中间，满脸雀斑、一头红发的比来显得鹤立鸡群。他为自己是白人而自豪；但他也羸弱、撒野、下流。十二岁时，他加入了在下水道系统活动的"沼泽天使"帮。

在散发雾气和焦煳味的夜晚，他们从恶臭的下水道迷宫里出来，尾随着一个德国水手，当头一棒把他打昏，连内衣都扒得精光，然后回到下水道。他们的头目是一个头发花白的黑人，加斯·豪泽·乔纳斯，在给赛马投毒方面也小有名气。

有时候，河边一座东倒西歪的房子的顶楼上，有个女人朝过路人头上倒下一桶炉灰。那人手忙脚乱，呛得喘不过气来。"沼泽天使"们立刻蜂拥而上，把他拖到一个地下室门口，抢光他的衣物。

那就是比尔·哈里根，也就是未来的"小子"比来的学徒时期，他对剧院演出不无好感；他喜欢看牛仔的闹剧（也许并没有预先感到那是他命运的象征和含义）。

到西部去！

如果说纽约波威里街拥挤的小剧院（那里演出稍有延误，观众就要起哄）大量上演骑手和打枪的闹剧，最简单的原因就是当时美国掀起了西部热。西方地平线那面是内华达和加利福尼亚州的黄金。西方地平线那面是大片可供采伐的雪松树林,脸庞巨大、表情冷漠的美洲野牛,大礼帽和摩门教主布里格姆·杨的三妻四妾,红种人的神秘的仪式和愤怒,茫无涯际的沙漠,像海洋一样,接近时会使人心跳加速的热土。西部在召唤。那些年来,一种有节奏的声息始终在回荡:成千上万的美国人占据西部的声息。1872年,早就跃跃欲试的比尔·哈里根逃出监狱,参加了到西部去的行列。

一个墨西哥人的毁灭

历史像电影导演一样按不连贯的场景进展,现在把场景安排在像公海一般力量无边的沙漠中间一家危险的酒店里。时间是1873年一个不平静的夜晚;确切的地点是新墨西哥州竖桩平原。土地平整得几乎不自然,而云层错落的天空经过暴风雨的撕碎和月光的映托,却满是坼裂的沟壑和嵯峨的山岭。地上有一具牛的头颅骨,暗处传来郊狼的嗥叫和眼睛的绿光,酒店斜长的灯光下影影绰绰可以看到几匹高头大马。酒店里面,劳累而壮实的男人们用胳臂肘支在唯一的柜台上,喝着惹是生非的烈酒,炫示有鹰和蛇图案的墨西哥大银元。一个喝醉的人无动于衷地唱着歌,有几个人讲的语言带许多嘶嘶的声音,那准是西班牙语,讲西班牙语的人在这里是遭到轻视的。比尔·哈里根，从大杂院来的红毛耗子，在喝酒的人中间。他已经喝了两杯烧酒，也许因为身边一文不剩了，还想要一杯。那些沙漠里的人使他吃惊。他们显得那么剽悍，暴烈，高兴，善于摆布野性的牲口和高头大马，叫人恨得牙痒。店里突然一片肃静，只有那个喝醉的人还忘乎所以地在瞎唱。一个墨西哥人走了进来，身体壮实得像牛，脸相像印第安人。头上戴着一顶大得出奇的帽子，腰际两边各插一支手枪。他用生硬的英语向所有在喝酒的婊子养的美国佬道了晚安。谁都不敢搭腔。比尔问身边的人来者是谁，人们害怕地悄声说那是奇瓦瓦来的贝利萨里奥·维利亚格兰。突然一声枪响。比尔在一排比他高大的人身后朝那不速之客开了枪。维利亚格兰手里的酒杯先掉到地上，接着整个人也倒了下去。那人当场气绝，不需要再补第二枪。比尔看也不看那个威风凛凛的死者，继续谈话："是吗？我可是纽约来的比尔·哈里根。"那个醉鬼还在自得其乐地唱歌。

精彩的结局已经可以预料。比尔同大家握手，接受别人的奉承、欢呼和敬他的威士忌酒。有人提醒他的手枪上还没有记号，应该刻一道线表明维利亚格兰死在他枪下。"小子"比来收下那人递给他的小刀，说道："墨西哥人不值得记数。"这似乎还不够。当天夜里，比尔把他的毯子铺在尸体旁边，故作惊人地睡到第二天天亮。

为杀人而杀人

凭这一枪,"英雄小子"比来(当时只有十四岁)应运而生,逃犯比尔·哈里根就此消失。那个出没于下水道、专打闷棍的小伙子一跃而成边境好汉。他成了骑手;学会了像怀俄明或者得克萨斯的牛仔那样笔挺地坐在马鞍上,而不像俄勒冈或者加利福尼亚的牛仔那样身体往后倾。他根本没有达到传说中的形象,只是逐渐接近而已。纽约小流氓的痕迹在牛仔身上依然存在;原先对黑人的憎恨现在转移到了墨西哥人身上,但是他临死前说的话却是用西班牙语说的诅咒话。他学会了赶牲口人的流浪生活的本领,也学会了更困难的指挥人的本领;两者帮助他成了一个偷盗牲口的好手。有时候,吉他和墨西哥的妓院对他也颇有吸引力。

他晚上难以入睡,聚众纵酒狂欢,往往一连四天四夜。只要扣扳机的手指还有准头,他就是这一带边境最受敬畏(并且也许是最孤独、最微不足道)的人。他的朋友加雷特,也就是日后杀他的郡长,有一次对他说:"我经常练射击,枪杀野牛。""我射击练得比你更经常,我枪杀的是人。"他平静地回道,细节已无从查考了。但是我们知道,他欠下二十一条人命——"墨西哥人还不计在内"。在危险万分的七年中间,他全凭勇气才混了过来。

1880 年 7 月 25 日晚上，"小子"比来骑着他的花马飞快地穿过萨姆纳堡唯一的大街。天气闷热，家家户户还没有点灯；加雷特郡长坐在回廊上一张帆布椅子上，拔出左轮手枪，一颗子弹射进比来的肚子。花马继续飞奔；骑手倒在泥土街道上。加雷特又开了一枪。居民们知道受伤的是"小子"比来，把窗户关得严严的。比来不停地诅咒，很长时间没有咽气。第二天太阳升得相当高了，人们小心翼翼走近去，拿掉他的武器；那人已经死了。他们注意到他那种死人通常都有的、可笑而无用的神情。

人们替他刮了脸，给他穿上买来的现成衣服，把他放在一家最大的商店的橱窗里，供吃惊的人们观看取笑。

方圆几里路内，人们骑马或驾双轮马车前来观看。第三天，尸体开始败坏，不得不给他脸上化妆。第四天，人们兴高采烈地把他埋了。

恶棍列传

无礼的掌礼官上野介

本篇的恶棍是无礼的掌礼官上野介，这个不祥的官员造成了赤穗藩主宅见久米的败落和死亡，当适当的报应逼近时，却不愿像武士那样结束自己的生命。但他有值得众人感激之处，因为他唤醒了可贵的忠诚之情，并且是一件不朽的事业的倒霉而必要的口实。以这个故事作为题材的有百来部小说、专著、博士论文和戏剧，更不用说大量的瓷器、条纹天青石和漆器手工艺品上的图形了。甚至多彩多姿的电影也采用了它，《忠臣藏》成了日本电影工作者反复改编的题材。人们经久不衰的热情说明那种荣誉非但可以理解，而且直接适用于任何场合。

我依据的是 A. B. 米特福德的叙述，他略去了产生地方色彩的细枝末节，紧紧抓住光荣事迹的主线。缺少"东方特点"的手法是可取的，不过让人觉得是从日文直接翻译过来的。

松开的鞋带

1702年暮春,显赫的赤穗藩主奉命接待天皇的使者。两千三百年的礼仪传统(有些属于神话)把接待仪式搞得十分烦琐复杂。使者代表天皇,无论作为隐射或象征,对他的接待规格不宜降低,只宜提高。稍有闪失,都可能造成致命的错误。为了避免发生这类情况,天皇朝廷派了一个掌礼官先打前站。掌礼官远离舒适的朝廷,出差到山野之地,觉得像是流放,他心里窝着气,下马伊始就指手画脚发号施令。有时候,他摆出长官架子,拿腔拿调,简直到了侮辱人的程度。接受他调教的藩主强压怒火,装着没看见这种戏弄。他不能违抗,戒律又禁止一切粗暴行为。一天早上,掌礼官的鞋带松脱了,吩咐藩主替他系好。藩主也是有头有脸的人,忍气吞声地照办。无礼的掌礼官却说孺子不可教也,只有乡巴佬才会打出这么笨头笨脑的鞋带结来。藩主拔出剑来朝他劈去。对方躲得快,只是前额划了一道小口子,流了一点血……几天后,伤人者上了军事法庭,被判切腹自杀。赤穗领地的中央庭院搭起一个平台,铺上红毡毯,被判刑的人坐上平台,人们递给他一把柄上镶有宝石的金匕首。他当众承认了自己的罪过,把上身衣服一件件脱掉,按照仪式要求把匕首插进下腹,先自左向右,再自下而上拉了两刀,像武士那样壮烈死去,因为毡子是红色的,站得比较远的旁观者没有看见血。他的幕僚兼证人,头发斑白的仓野寸喜,小心地用剑砍下他的首级。

佯装轻狂

宅见久米的领地被充了公;他手下的武士被遣散,家道陷落,从此默默无闻,他的姓氏遭到诅咒。传说他切腹自杀的当天晚上,手下的四十七个武士聚在一个小山顶上议事,详细地策划了一年以后发生的事件。可以肯定的是,他们行事必须谨慎,聚会地点并不是难以到达的山顶,而是树林里一座庙宇的白木小亭,亭子里除了一面长方形的镜框外没有别的装饰。他们渴望报仇,而报仇的目的似乎很难实现。

可恨的掌礼官上野介家中加强了防卫,他乘轿外出时,仆从如云,前呼后拥,都带着弓箭刀枪。他还豢养了一批忠贞不贰的密探。他们严密监视的目标是想当然的复仇者的首领、幕僚仓野寸喜。仓野无意之中得到这个情报,便拟订了相应的复仇计划。

他把家搬到京都,帝国任何城市的秋色都比不上京都那么宜人。他沉湎于妓院、赌场和酒店。尽管上了年纪,还整天和妓女、诗人,甚至档次更低的人厮混。有一次,他被一家酒店轰了出来，呕吐狼藉，竟然躺在门口睡到天明。

一个来自萨摩的人认出了他，悲哀而气愤地说："这岂不是帮助宅见久米自杀的幕僚吗？他非但不替主人报仇，反而沉湎于酒色。唉，卑鄙小人，你不配武士的称号！"

他在仓野脸上踩了一脚，啐了唾沫。密探汇报了这情况，上野介感到十分宽慰。

事情到此并没有结束。幕僚把妻子和幼儿遣送到外地，在妓院买了一个女人侍候他；敌人听到这件丑闻非常高兴，放松了警惕，把侍卫人数减掉一半。

1703年一个月黑风高夜，四十七名武士在渡桥和纸牌厂附近一个废弃的花园里会合。他们打着先主人的旗号。开始攻击之前，通知了街坊邻居，他们不是打劫，而是伸张正义的军事行动。

剑 疤

进攻上野介官邸的人分成两拨。第一拨由幕僚亲自指挥，攻打前门；第二拨由他的长子率领，长子快满十六岁了，结果死于那晚。后人对那场清醒的梦魇的一些细节有不少传说：进攻者冒险用绳梯爬下来，擂鼓为号，守卫者仓促迎战，弓箭手登上屋顶，箭镞射向人们的要害部位，血染贵重的瓷器，死时激烈，死后冰凉,尸体狼藉。九名武士丧了性命;守卫者不肯投降,战斗得相当英勇。午夜后不久,抵抗才全部停止。

上野介辜负了侍卫们的舍命保护,始终没有露面。进攻者搜遍了府邸的各个角落,几乎绝望时,幕僚注意到上野的床铺还有微温。他们重新搜查,发现了一扇用铜镜伪装的狭窄的窗户。窗外幽暗的小院里一个白衣人正抬头张望,右手哆哆嗦嗦地握着一把剑。他们下去后,那人毫不抵抗就投降了。他前额有一条疤:宅见久米当初一剑留下的老疤。

浑身血污的武士们跪在他们所憎恨的那个人脚下,声称他们是因他而丧命的赤穗藩主的手下,要求他像武士应该做的那样自杀,以谢亡灵。

他的卑鄙的灵魂听不进这个体面的建议。他没有丝毫荣誉感;凌晨时不得不砍下他的脑袋。

祭 头

武士们大仇已报(但没有愤怒,没有激动,没有怜悯),回到埋葬他们主人遗骸的庙宇。

他们把上野介的头颅放在一口锅里轮流携带。他们白天赶路,穿过田野和省份。所到之处,人们哭泣,为他们祝福。仙台的郡侯想尽地主之谊,款待他们,但他们谢辞了,说他们的主人等了将近两年。他们到了凄凉的坟墓前,祭上仇人的头颅。

最高法院作出的判决,正是他们企望的:授予他们自杀的特权。所有的武士都履行了,有的慷慨而镇定自若,在他们主人身边安息。男女老幼来到那些忠贞不贰的人的墓前祈祷。

萨摩人

前来朝拜的人中间,有个风尘仆仆的年轻人,一看就知道来自远方。他跪在幕僚仓野寸喜的墓前,高声说:"我曾看见你躺在京都的一家妓院门前,却未想到你为的是替主人报仇,我以为你是不忠的武士,朝你脸上啐了唾沫。现在我来向你赔礼道歉了。"说了这番话,他切腹自杀了。

庙里的方丈钦佩他的勇敢,把他同武士们埋葬在一起。

这就是四十七忠诚武士的故事,只不过没有结束,因为别的人也许不够忠诚,但始终希望做到这样,因此继续用文字歌颂他们。

蒙面染工梅尔夫的哈基姆

献给安赫利卡·奥坎波

假如我没有记错的话,有关乔拉桑的蒙面先知(说得确切一些应该是戴面具的先知)穆卡纳的原始材料来源有四:一、巴拉德胡里保存的《哈里发史》选编;二、阿拔斯[①]王朝的史官塔伊尔·塔尔夫尔撰写的《巨人手册或推断与修正书》;三、题为《玫瑰的摧毁》的阿拉伯手抄古籍,其中驳斥了先知奉为正典的《隐蔽的玫瑰》的异端邪说;四、工程师安德鲁索夫负责铺设苏联—伊朗铁路时发掘的几枚没有头像的钱币。那些钱币收藏在德黑兰钱币馆,上面虽然没有头像,却有波斯文的对句,概括或者纠正了《玫瑰的摧毁》里的某些段落。该书原本已经佚失,1899年发现的手抄本由东方档案馆出版,比较草率,霍恩和珀西·赛克斯爵士先后断定它是伪作。

先知在西方出名要归功于穆尔[②]的一首充满爱尔兰阴谋家

---

① 阿拔斯,762年至1258年间统治巴格达的三十七位哈里发的王朝名称。哈里发,伊斯兰国家政教合一的领袖的尊号。

② 穆尔(1779—1852),爱尔兰浪漫主义诗人,他的叙事诗《天使的爱》以东方国家为背景。

的乡思和叹息的诗。

紫　红

伊斯兰教历 120 年,即公元 736 年,被当时当地的人们称之为"蒙面者"的哈基姆生于土耳其斯坦。他的家乡是梅尔夫古城,那里的花园、葡萄园和草地悲惨地面向沙漠。中午阳光璀璨得炫目,风沙一起就天昏地暗,使人透不过气来,黑色的葡萄串蒙上一层白尘。

哈基姆在那个活得累人的古城长大。我们知道,他的一个叔叔教他染色的手艺:那是不敬神的、弄虚作假的、反复无常的人的勾当,他从这种亵渎神明的工作开始了浪荡生涯。他在《玫瑰的摧毁》一个著名的章节里宣称:我的脸是金色的,但是我配制了紫红染料,第二晚浸泡未经梳理的羊毛,第三晚染上织好的毛料,岛上的帝王们至今还争夺猩红色的长袍。我年轻时干这种营生,专事改变生灵的本色。天使对我说,绵羊的毛皮不是老虎的颜色;撒旦对我说,强大的上帝要它变成那种颜色,利用了我的技巧和染料。现在我知道,天使和撒旦都在颠倒黑白,一切颜色都是可恶的。

伊斯兰教历 146 年,哈基姆离开了家乡,不知去向。人们在他的住所发现了毁坏的染锅和浸泡桶,以及一把设拉子大刀和一面铜镜。

公　牛

158 年哈班月月底,沙漠上气清天朗,人们望着西方,寻找启动禁欲禁食的斋月的月亮。那些人是奴隶、乞丐、马贩子、盗骆驼贼和屠夫。他们在梅尔夫路边一家商队客栈的大门口,严肃地坐在地上,等待征兆。他们望着西方,西方的天色一片沙黄。

迷蒙的沙漠远处(那里的太阳使人发烧,月亮使人感冒)来了三个非常高大的形象。三个人影,中间的一个长着公牛的脑袋。走近后,才看清这个人戴着面具,其余两人是瞎子。

正如《一千零一夜》的故事里所说的那样,有人打听其中原因。戴面具的人声称,他们看到了我的脸,所以瞎了眼。

豹　子

阿拔斯王朝的编年史家写道,沙漠里来的那个人(他的声音温柔得出奇,同他的牛头面具相比,声音自然显得温柔)对人们说,他们等待忏悔月的征兆,可是他宣扬的是更好的征兆:终身忏悔,死后遭到伤害。他说,他是奥斯曼的儿子哈基姆,迁移的146年，有一个人来到他家，替他净化祈祷之后，用大刀砍下他的头，带到天国。那人（也就是加百列天使）右手托着他的头去见上帝，上帝给了他发布预言的任务，教了他一些极其古老的、说出来要烧灼嘴巴的词句，赐给他一种凡人不能忍受的强烈的荣光。正因为这样，他才戴面具。等到世人都信奉新的宗教时，他才可以露出真面目，人们崇拜他就没有危险了——天使们已经崇拜过他。他宣布了任务。哈基姆号召人们进行一场圣战，为之献身。

奴隶、乞丐、马贩子、盗骆驼贼和屠夫们不接受他的信仰，有人高声骂他是巫师，是骗子。

有人带来一头豹子——也许是波斯猎人驯养的那种美丽而嗜血的动物。不知怎么，它从樊笼里跑了出来。除了蒙面先知和他的两个随从以外，在场的人争先恐后四散奔逃。再回来时，发现那头猛兽的眼睛瞎了，虽然还发亮，但什么也看不见。人们纷纷拜倒在哈基姆脚下，承认他超自然的力量。

蒙面先知

阿拔斯王朝的史官兴味索然地叙说了蒙面者哈基姆在乔拉桑的发迹史。那个省份由于它最有名的首领的不幸牺牲而陷于混乱，人们狂热地接受了"闪亮脸"的教义，生命财产都可以奉献出来。(那时,哈基姆已经舍弃了他原先兽性的面具,改用缀满宝石的四层白绸做的面纱。巴努·阿巴斯家族崇尚的颜色是黑色;哈基姆反其道而行之,护面纱、旗帜和头巾都选用了白色。)征战开始时相当顺利。《推断书》中确实记载说,哈里发的旗帜无往不胜,但是那些胜利的结果往往是撤换将领,放弃固若金汤的城堡,聪明的读者知道该相信谁的话。161年勒赫布月月底,著名的内沙布尔城的金属大门为"蒙面者"敞开;162年初,阿斯塔拉巴德城陷落。哈基姆的军事活动(如同另一个走运的先知那样)只限于战斗激烈时骑在一头毛皮染成粉红色的骆驼背上高声祈祷,但是他的声音达到了神灵。箭镞在他身边呼啸而过,从来没有伤着他。他仿佛故意冒险:有一晚,几个遭人嫌恶的麻风病人聚在他的邸宅外面,他吩咐让他们进去,吻了他们,还施舍金银给他们。

他把治理国家的重任委托给五六个亲信。他自己热衷于冥想和安逸:后宫有一百一十四个瞎眼的妇女,专门满足他神圣肉体的需要。

可憎的镜子

只要他的言论不危及正宗信仰,伊斯兰教可以容忍真主密友的出现,不管他们是如何冒失或者气势汹汹。先知或许没有藐视那种宽容,但是他的随从,他的胜利,哈里发的公开不满(当时的哈里发是默罕穆德·马赫迪)促使他采纳了异端邪说。他拟订了自己的宗教教义,尽管带有明显的前诺斯替教派的渗透,这一分歧毁了他的前程。

按照哈基姆的宇宙起源学的原理,冥冥之中有一个神秘的神。这个神没有显赫的起源,无名无形,一成不变,但他的形象投下九个影子,不辞辛劳地建造并掌管第一重天。第一重造物圈产生第二重,其中也有大小天使和论资排辈的宝座,他们建立了下一重天,那是和第一重天完全对称的翻版。第二重天复制第三重,依此类推,直到九百九十九重。最底下一重天的主管,也就是影子的影子的影子,掌管一切,他所具备的神的成分少得近于零。

我们居住的地球是一个错误,一种不够格的模仿。镜子和父道是可憎的,因为它们使地球上生生不息,予以认可。厌恶是基本美德。两种修炼(先知允许人们自由选择)可以引导我们达到那种境界:禁欲和放纵,耽于肉欲或者束身自好。

哈基姆的天堂和地狱也让人大失所望。《隐蔽的玫瑰》里有一条诅咒:凡是否认真言,否认宝石面纱和闪亮脸的人,都将打入一个神奇的地狱,他们之中每人将统治九百九十九个火焰帝国,每个帝国有九百九十九座火焰山,每座山上有九百九十九座火焰塔,每座塔里有九百九十九个火焰层,每层有九百九十九张火焰床,他就躺在每张床上,受九百九十九种形状(但容貌和声音像他一样)的火焰永世煎熬。书中另一处证实:你生前只有一具皮囊;死后遭报应时有无数具。哈基姆的天堂说得就不那么具体了。那里长夜漫漫,遍地石坑,那个天堂里的幸福是生离死别、万念俱灰、自知在梦中的人特有的幸福。

真面目

迁移163年,即闪亮脸5年,哈基姆被哈里发的军队围困在萨南。粮草和愿意献身的人并不缺少,但他等待一帮光明天使即将到来的救援。那时,一个可怕的流言传遍整个城堡。后宫一个与人私通的女人被太监绞死前,大声嚷嚷说先知右手缺了无名指,别的手指没有指甲。流言在信徒们中间口口相传。太阳升高时,哈基姆在城堡的高台上祈求胜利或者家神的启示。他虔诚地低着头,仿佛人们在雨中奔跑时那样,两个将领突然扯下缀满宝石的面纱。

顿时一阵战栗。想象中那张使徒的脸,那张到过天堂的脸,实际上是白的,是麻风病人那种特有的惨白色。脸庞肥大得难以置信,更像一张面具。眉毛脱落得精光;右眼的下睑耷拉在皮纹累累的面颊上;嘴唇的位置是一连串结节瘤;鼻梁塌陷,不成人形,倒像是狮子。

哈基姆企图进行最后的欺骗，他刚开口说：你们罪孽深重，无缘看到我的荣光……

人们不听他的，纷纷用长枪刺透了他。

玫瑰角的汉子

献给恩里克·阿莫林①

　　既然问起已故的弗朗西斯科·雷亚尔，我就谈谈吧。这里不是他的地盘，他在北区瓜达卢佩湖和炮台一带比较吃得开，不过我认识他。我只跟他打过三次交道，三次都在同一个晚上，那晚的事我怎么都不会忘记，因为那卢汉②娘儿们在我家过夜，罗森多·华雷斯离开了河镇，再也没有回来。你们没有这方面的经历，当然不会知道那个名字，不过打手罗森多·华雷斯是比利亚·圣丽塔③一个响当当的人物。他是玩刀子的好手，跟堂尼古拉斯·帕雷德斯一起，帕雷德斯则是莫雷尔那一帮的。华雷斯逛妓院时总打扮得整整齐齐，一身深色的衣服，佩着银饰；男人和狗都尊敬他，女人们对他也另眼相看；谁都知道有两条人命坏在他手里；油光光的长头发上戴着一顶窄檐高

---

① 恩里克·阿莫林(1900—1960)，乌拉圭作家。长期侨居阿根廷。作品多以农村生活为题材，主要有长篇小说《马车》、诗集《二十年》等。
② 卢汉，布宜诺斯艾利斯郊区一县名。
③ 比利亚·圣丽塔，布宜诺斯艾利斯市一区，位于该市西部。

帮呢帽;有人说他一帆风顺,给命运宠坏了。村里的年轻人模仿他的一举一动,连吐痰的架式也学他的。可是罗森多真有多少分量,那晚上叫我们掂着了。

说来仿佛离谱,然而那个大不寻常的夜晚是这么开头的:一辆红辕辘的出租马车挤满了人,沿着两旁是砖窑和荒地的巷子,在软泥地上颠簸驶来。两个穿黑衣服的人不停地弹着吉他,喧闹招摇,赶车的甩着鞭子,哄赶在白花马前乱窜的野狗,一个裹着斗篷的人不声不响坐在中间,他就是赫赫有名的牲口贩子弗朗西斯科·雷亚尔,这次来找人打架拼命。夜晚凉爽宜人;有两个人坐在马车揭开的皮篷顶上,好像乘坐一条海盗船似的。这只是一个头,还发生了许多事情,我们后来才知道。我们这些小伙子老早就聚在胡利亚舞厅里,那是高纳路和马尔多纳多河中间一个铁皮顶的大棚屋。门口那盏风化红灯的亮光和里面传出的喧哗,让人打老远就能辨出这个场所。胡利亚虽然不起眼,却很实惠,因为里面不缺乐师、好酒和带劲的舞伴。说到舞伴,谁都比不上那卢汉娘儿们,她是罗森多的女人。她已经去世了,先生,我多年没有再想她,不过当时她那副模样,那双眼睛,真叫人销魂。见了她,你晚上休想睡着。

烧酒、音乐、女人,承罗森多看得起才骂的一句脏话,在人群中使我受宠若惊的拍拍肩膀,这一切叫我十分快活。同我跳舞的那个女的很随和,仿佛看透了我的心思。探戈舞任意摆布我们,使我们若即若离,一会儿把我们分开,一会儿又让我们身体贴着身体。男人们正这样如醉如痴、逍遥自在时,我蓦地觉得音乐更响了,原来是越来越行近的马车上的吉他声混杂了进来。接着,风向一转,吉他声飘向别处,我的注意力又回到自己和舞伴身上,回到舞厅里的谈话。过了一会儿,门口响起盛气凌人的敲门声和叫喊声。紧接而来的是一片肃静,门给猛地撞开,那人进来了,模样跟他的声音一般蛮横。

当时我们还不知道他叫弗朗西斯科·雷亚尔,只见面前站着一个高大壮实的家伙,一身黑衣服,肩上搭着一条栗色围巾。我记得他脸型像印第安人,满面愠色。

门给撞开时正好打在我身上。我心头无名火起,向他扑去,左手打他的脸,右手去掏那把插在马甲左腋窝下的锋利的刀子。可是这一架没有打起来。那人站稳脚,双臂一分,仿佛拨开一个碍事的东西似的,一下子就把我撂到一边。我踉跄几步,蹲在他背后,手还在衣服里面,握着那把没有用上的刀子。他照旧迈步向前走,比被他排开的众人中间随便哪一个都高大,对哪一个都没有正眼看一看。最前面的那批看热闹的意大利人像折扇打开那样赶快散开。这个场面并没有保持多久。英国佬已经在后面的人群中等着,那个不速之客的手还没有挨着他肩膀,他一巴掌就扇了过去。这一下大伙都来劲了。大厅有好几丈长,人们从一头到另一头推推搡搡,吹口哨,唾唾沫招惹他。最初用拳头,后来发现拳头挡不住他的去路,便撑开手指用巴掌,还嘲弄似的用围巾抽打他。这样做也是为了把他留给罗森多去收拾。罗森多在最里面,不声不响,背靠着墙,一直没有动静。他一口接着一口地抽烟,似乎早已明白我们后来才看清的事情。牲口贩子给推到他面前,脸上带着血迹,后面是一群吵吵嚷嚷的人,他不为所动。尽管人们吹口哨,揍他,朝他啐唾沫,他走到罗森多面前才开口。他睨着罗森多,用手臂擦擦脸,说了下面一番话:

"我是弗朗西斯科·雷亚尔,北区来的。我是弗朗西斯科·雷亚尔,人们叫我牲口贩子。这些混小子对我动手动脚,我全没理会,因为我要找个男子汉。几个碎嘴子说这一带有个心狠手辣、会玩刀子的人,说他绰号叫'打手'。我是个无名之辈,不过也想会会他,讨教讨教这位好汉的能耐。"

他说话时眼睛一直盯着罗森多。说罢,右手从袖管里抽出一把亮晃晃的刀子。周围推推搡搡的人让出了地方,鸦雀无声,瞧着他们两人。甚至那个拉小提琴的瞎眼混血儿也转过脸,冲着他们所在的方向。

这时候,我听见背后有些动静,回头一看,门口有六七个人,准是牲口贩子带来压阵的,年纪最大的一个有点农民模样,皮肤黝黑,胡子花白;他刚上前,一看到这么多女人和这么亮的灯光,竟待着不动了,甚至还恭敬地摘下了帽子。其余的人虎视眈眈,如果有不公平的情况就马上出头干预。

罗森多怎么啦,怎么还不教训教训那个气势汹汹的人？他还是一声不吭,眼睛都不抬。他嘴上的香烟不见了,不知是吐掉还是自己掉落的。他终于说了几句话,不过说得那么慢,大厅另一头根本听不清。弗朗西斯科·雷亚尔再次向他挑战,他再次拒绝。陌生人中间最年轻的那个吹了一声口哨。那卢汉娘儿们轻蔑地瞅着罗森多,头发往后一甩,排开女人们,朝她的男人走去,把手伸进他怀里,掏出刀子,退了鞘,交给他,说道:

"罗森多,我想你用得上它了。"

大厅屋顶下面有一扇宽窗,外面就是小河。罗森多双手接过刀,用手指试试刀刃,似乎从没有见过似的。他突然朝后一仰,扬手把刀子从窗口扔了出去,刀子掉进马尔多纳多河不见了。我身上一凉。

"宰了你还糟蹋我的刀子呢。"对方说着抬手要揍他。这时,那卢汉娘儿们奔过去,胳臂钩住他脖子,那双风骚的眼睛瞅着他,气愤地说:

"别理那家伙,以前我们还把他当成一条汉子呢。"

弗朗西斯科·雷亚尔愣了一下,接着把她搂住,再也不打算松手似的,他大声吩咐乐师们演奏探戈和米隆加舞曲,吩咐找快活的人都来跳舞,米隆加像野火一般从大厅一头燃到另一头。雷亚尔跳舞的神情十分严肃,但把舞伴搂得紧紧的,不留

一点空隙,使她欲仙欲死。跳到门口时,雷亚尔嚷道:

"借光腾腾地方,她在我怀里睡着啦!"

说罢,他们两个脸贴着脸出去了,仿佛随着探戈的波涛迷迷糊糊地漂流。

我肯定恼羞得满脸通红。我跟舞伴转了几个圈子,突然撂下了她。我推说里面人多太热,顺着墙壁走到外面。夜色很美,但美景为谁而设?那辆出租马车停在巷子拐角的地方,两把吉他像两个人似的端端正正竖在座位上。他们这样大大咧咧扔下吉他真叫我心里有气,仿佛谅我们连他们的吉他都不碰。想起我们自己无能,我直冒火。我一把抓起耳朵后面别着的石竹花,扔进水塘,望了许久,脑子里什么都不想。我希望这一晚赶快过去,明天马上来到就好了。这当儿,有人用胳臂肘撞了我一下,几乎使我感到宽慰。是罗森多,他独自一个人出了镇。

"你这个混小子老是碍事。"他经过我身边时嘀咕说,我不知道他是拿我还是拿自己出气。他顺着比较幽暗的马尔多纳多河一边走了,以后我再也没有见到他。

我继续凝视着生活中的事物——没完没了的天空、底下独自流淌不息的小河、一匹在打瞌睡的马、泥地的巷子、砖窑——我想自己无非是长在河岸边的蛤蟆花和骷髅草中间的又一株野草罢了。那堆垃圾中间又能出什么人物?无非是我们这批窝囊废,嚷得很凶,可没有出息,老是受欺侮。接着我又想,不行,居住的地区越是微贱,就越应该有出息。垃圾?米隆加舞曲发了狂,屋里一片嘈杂,风中带来金银花的芳香。夜色很美,可是白搭。天上星外有星,瞅着头都发晕。我使劲说服自己这件事与我无关,可是罗森多的窝囊和那个陌生人的难以容忍的蛮横总是跟我纠缠不清。那个大个儿那晚居然弄到一个女人来陪他。我想,那一晚,还有许多夜晚,甚至所有的晚上,因为那卢汉娘儿们不是随便闹着玩的女人。老天知道他们到哪里去了。去不了太远,也许随便找一条沟,两个人已经干上了。

我终于回到大厅时,大伙还在跳舞。

我装着没事的样子混进人群,我发现我们中间少了一个人,北区来的人和其余的人在跳舞。没有推撞,有的只是提防和谨慎。音乐回肠荡气,没精打采,跟北区的人跳舞的女人一句话也不说。

我在期待,但不是期待后来出的事情。

我们听到外面有一个女人的哭声,然后是我们已经听到过的那个声音,这会儿很平静,几乎过于平静,以至不像是人的嗓音。那声音对女人说:

"进去,我的姑娘。"又是一声哭叫。接着,那个声音似乎不耐烦了。

"我让你开门,臭婆娘,开门,老母狗!"这时候,那扇摇摇晃晃的门给推开了,进来的只有那卢汉娘儿们一个人。她不是自动进来的,是给赶进来的,好像后面有人在撵她。

"有鬼魂在后面撵,"英国佬说。

"一个死人在撵,朋友,"牲口贩子接口说。他的模样像是喝醉了酒。他一进门,我们便像先前那样腾出了地方,他摇摇晃晃地迈了几步——高大的身材,视而不见的神情——像电线杆似的一下子倒了下去。同他一起来的那伙人中间有一人把他翻过来,让他仰面躺着,再把斗篷卷成一团,垫在他脑袋下面。这么一折腾,斗篷染上了血迹。我们这才看到,他胸口有一处很深的伤口;一条猩红色的腰带,当初给马甲遮住,我没有发现,现在被涌出来的血染黑了。一个女人拿来白酒和几块在火上燎过的布片准备包扎。那男人无意说话。那卢汉娘儿们垂下双手,失魂落魄地望着他。大伙都露出询问的神情,她终于开口了。她说,她跟牲口贩子出去之后,到了一片野地上,突然来了一个不认识的男人,非找他打架不可,结果捅了他一刀,她发誓说不知道那个人是谁,反正不是罗森多。可谁会信她的话?

我们脚下的人快死了。我想,捅他的人手腕子够硬的。不过脚下的人也是条硬汉。他进门时,胡利亚正在沏马黛茶①,茶罐传了一巡,又回到我手里,他还没有咽气。"替我把脸蒙上,"他再也支持不住了,便缓缓地说。他死在眉睫,傲气未消,不愿

---

① 马黛茶,南美饮料,饮用时在梨形茶罐内插一小管吮吸。

意让人看到他临终时的惨状。有人把那顶高帮黑呢帽盖在他脸上，他没有发出呻吟，在呢帽下面断了气。当他的胸膛不再起伏时，人们鼓起勇气取下帽子。他脸上是死人通常都有的倦怠神情，当时从炮台到南区的最勇敢的人共有的神情；我一发现他无声无息地死了，对他的憎恨也就烟消云散。

"活人总有一死。"人群中间一个女人说，另一个也若有所思地找补了一句：

"再了不起的人到头来还不是招苍蝇。"

这时候，北区来的人悄悄地在说什么，之后有两人同时高声说：

"是那女人杀死的。"

一个人朝她嚷嚷说是她杀的，大家围住了她。我忘了自己应当谨慎从事，飞快地挤了进去。我一时情急，几乎要拔刀子。我觉得如果不是所有的人，至少有许多人在瞅我。我带着讥刺的口气说：

"你们大伙看看这个女人的手，难道她有这份气力和狠心捅刀子吗？"

我若无其事地又说：

"据说死者是他那个地区的一霸，谁想到他下场这么惨，会死在这样一个平静无事的地方？我们这里本来太太平平，谁想到来了外人找麻烦，结果捅出这么大的篓子？"

鞭子自己是不会抽打的。

这当儿,荒野上逐渐响起了马蹄声,是警察。谁都明哲保身,不愿意找麻烦,认为最好的办法是把尸体扔进河里。你们还记得先前扔出刀子的那扇宽窗吧。黑衣服的人后来也是从这里给扔出去的。大家七手八脚把他抬起来,身上一些钱币和零星杂物全给掏光,有人捋不下戒指,干脆把他的手指也剁了下来。先生们,一个男子汉被另一个更剽悍的男子汉杀死之后,毫无自卫能力,只能听任爱占小便宜的人摆弄,扑通一声,混浊翻腾、忍辱负重的河水便把他带走了。人们收拾尸体时,我觉得不看为妙,因此不知道是不是掏空了他的脏腑,免得他浮上水面。那个花白胡子的人一直盯着我。那卢汉娘儿们趁着混乱之际溜出去了。

维护法律的人来查看时,大伙跳舞正在劲头上。拉小提琴的瞎子会演奏几支如今不大听到的哈瓦那舞曲。外面天快亮了。小山冈上的几根木桩稀稀拉拉的,因为铁丝太细,天色这么早,还看不清。

我家离这里有三个街段,我悠闲地溜达回去。窗口有一盏灯亮着,我刚走近就熄灭了。我明白过来之后,立刻加紧了脚步。博尔赫斯,我又把插在马甲左腋窝下的那把锋利的短刀抽出来,端详了一番,那把刀跟新的一样,精光锃亮,清清白白,一丝血迹都没有留下。

双梦记及其他

献给纳斯托尔·伊巴拉

死去的神学家

天使们向我通报说,梅兰希顿[1]死后,另外一个世界为他安排了一所幻觉上同他在世时一模一样的房屋。(几乎所有初到天国的人都遇到同样情况,因而他们认为自己并没有死。)家具也是一样的:桌子、有抽屉的写字台、书柜。梅兰希顿在那住所醒来时,仿佛并不是一具尸体,而和生前一样继续写作,写了几天为信仰辩护的文章。他和往常一样,文章中只字不提慈悲。天使们注意到他的疏漏,便派人去责问他。梅兰希顿说:"我已经无可辩驳地证明,灵魂可以不要慈悲,单有信仰就足以进入天国。"他说这些话时态度高傲,不知道自己已经死了,自己所处的地方还不是天国。天使们听了这番话便离开了他。

几星期后,家具开始蜕变,终于消失,只剩下椅子、桌子、纸

---

[1] 梅兰希顿(1497—1560),德国学者、宗教改革家,与路德合作,对《圣经》诠释颇有研究。他原姓施瓦茨采尔特(德文意为"黑土"),按当时风气,用了相应的希腊文梅兰希顿。

张和墨水瓶。此外,住所的墙壁泛出白色的石灰和黄色的油漆。他身上的衣服也变得平常无奇。他坚持写作,由于他继续否定慈悲,他给挪到一间地下工作室,同另一些像他那样的神学家待在一起。他给幽禁了几天,对自己的论点开始产生怀疑,他们便放他回去。他的衣服是未经鞣制的生皮,但他试图让自己相信以前都是幻觉,继续推崇信仰,诋毁慈悲。一天下午,他觉得冷。他察看整所房屋,发现其余的房间和他在世时住的不一样了。有的房间堆满了不知名的器具;有的小得进不去;再有的虽然没有变化,但门窗外面成了沙丘。最里面的屋子有许多崇拜他的人,一再向他重申,哪一个神学家的学问都赶不上他。这些恭维话让他听了很高兴,但由于那些人中间有的没有脸庞,有的像是死人,他终于产生了厌恶,不信他们的话了。这时他决心写一篇颂扬慈悲的文章,但是今天写下的字迹明天全部消退。这是因为他言不由衷,写的时候自己也没有信心。

他经常接见刚死的人,但为自己如此猥琐的住处感到羞愧。为了让来客们相信他在天国,他同后院的一个巫师商量,巫师便布置了辉煌宁静的假象。来客刚走,猥琐破败的景象重又出现,有时客人还没离开,这种景象就显了出来。

有关梅兰希顿的最后消息说,巫师和一个没有面目的人把他弄到沙丘去了,如今他成了魔鬼的仆人。

（据伊曼纽尔·斯维登堡^①的《天国的神秘》）

存放雕像的房间

很久以前,安达卢西亚人的国度里有一个国王居住的城市,名叫莱布蒂特、休达或者哈恩。城里有座碉堡,碉堡的两扇门页不供进出,永远锁着。每逢一位国王驾崩,另一位国王继承王位时,新登基的国王亲手在门上加一道新锁,一共有了二十四把锁。后来有个不属于王室的坏人篡夺了权力,他非但不加上一把新锁,而是想把以前的二十四把锁统统打开,以便看看碉堡里到底是什么。大臣和王公们求他千万别干那种事,他们藏起装钥匙的铁箱,说是加一把新锁比砸开二十四把锁容易得多,但是他狡猾地重复说:"我只想看看碉堡里藏了些什么东西。"于是他们表示把他们所积蓄的所有财富都献给他:牲畜、基督教偶像、金银。但他不肯打消原意,用右手开了门(诅咒他那只手永远疼痛)。里面是许多金属和木制的阿拉伯人像,骑着矫捷的骆驼和骏马,头巾在背后飘拂,佩刀挂在腰际的皮带上,右手握着长矛。这些人像都是立体的,在地面投下影子,瞎子只要用手触摸都能辨认,马匹的前蹄不碰地面,似乎都在奔

---

① 伊曼纽尔·斯维登堡(1688—1772),瑞典著名的神学家、科学家和神秘主义者。

腾。那些栩栩如生的雕像使篡位的国王大为惊奇,更让他诧异的是雕像的排列整齐和肃静,因为全部雕像面朝西方,听不到一点喧嚣和号角。这是碉堡第一间屋子里的陈列。第二间屋子里摆着大卫的儿子所罗门的桌子——愿他们两人都得到拯救!——那是一整块翡翠石雕成的,石头的颜色,大家知道,是绿色的,它内含的性能不可思议,奇异万分,因为它能使风暴平息,保佑佩戴者平安,驱除腹泻和恶鬼,公平解决争端,并且对催生顺产大有帮助。

第三间屋子里有两本书:一本是黑的,书里说明金属和护身符的功能以及日子的凶吉,还有毒药和解毒剂的配制;第二本是白的,尽管文字清晰,但看不懂意思。第四间屋子里有一幅世界地图,标出所有的国度、城市、海洋、城堡和危险,每一处都附有真实名称和确切的形状。

第五间屋子里有一面圆形的镜子,那是大卫的儿子所罗门制作的——愿他们两人都得到宽恕!——价值连城,因为是用各种金属做的,从镜子里可以看到自己的祖先和子孙,上至人类的始祖亚当,下至听到世界末日号角的人。第六间屋子里装满了点金石。只要用一小块就能把三千两银子变成三千两金子。第七间屋子空荡荡的,其长无比,最好的弓箭手在门口射出一箭都达不到对面的后壁。后壁上刻着一段可怕的话:"如有人打开本堡的门,和入口处金属武士相似的血肉之躯的武士将占领王国。"

这些事发生于伊斯兰教历 89 年。在结束之前,塔里克^①占领了碉堡,打败了那个国王,卖掉他的妻妾子女,大肆掳掠王国。阿拉伯人因此遍布安达卢西亚王国,引进了无花果树和不受干旱影响的草场灌溉系统。至于那些宝藏,据说萨伊德的儿子塔里克把它们运回献给他的国王哈里发,哈里发把它们藏在一座金字塔里。

(据《一千零一夜》,第二百七十二夜的故事)

双梦记

阿拉伯历史学家艾尔-伊萨基叙说了下面的故事:

"据可靠人士说(不过唯有真主才是无所不知、无所不能、慈悲为怀、明察秋毫的),开罗有个家资巨万的人,他仗义疏财,散尽家产,只剩下祖传的房屋,不得不干活糊口。他工作十分辛苦,一晚累得在他园子里的无花果树下睡着了,他梦见一个衣服湿透的人从嘴里掏出一枚金币,对他说:'你的好运在波斯的伊斯法罕;去找吧。'他第二天清晨醒来后便踏上漫长的旅程,经受了沙漠、海洋、海盗、偶像崇拜者、河流、猛兽和人的磨难

---

① 塔里克,阿拉伯将军,第一个在 711 年入侵西班牙的穆斯林。他打败西哥特国王堂罗德里戈。用自己的名字命名直布罗陀海峡(阿拉伯文的直布罗陀是 Gebel-Tarik,即塔里克山)。

艰险。他终于到达伊斯法罕,刚进城天色已晚,便在一座清真寺的天井里躺着过夜。清真寺旁边有一家民宅,由于万能的神的安排,一伙强盗借道清真寺,闯进民宅,睡梦中的人被强盗的喧闹吵醒,高声呼救。邻舍也呼喊起来,该区巡夜士兵的队长赶来,强盗们便翻过屋顶逃跑。队长吩咐搜查寺院,发现了从开罗来的人,士兵们用竹杖把他打得死去活来。两天后,他在监狱里苏醒。队长把他提去审问:'你是谁,从哪里来?'那人回道:'我来自有名的城市开罗,我名叫穆罕默德-艾尔-马格莱比。'队长追问:'你来波斯干什么?'那人如实说:'有个人托梦给我,叫我来伊斯法罕,说我的好运在这里。如今我到了伊斯法罕,发现答应我的好运却是你劈头盖脸给我的一顿好打。'

"队长听了这番话,笑得大牙都露了出来,最后说:'鲁莽轻信的人啊,我三次梦见开罗城的一所房子,房子后面有个日晷,日晷后面有棵无花果树,无花果树后面有个喷泉,喷泉底下埋着宝藏。我根本不信那个乱梦。而你这个骡子与魔鬼生的傻瓜啊,居然相信一个梦,跑了这么多城市。别让我在伊斯法罕再见到你了。拿几枚钱币走吧。'

"那人拿了钱,回到自己的国家,他在自家园子的喷泉底下(也就是队长梦见的地点)挖出了宝藏。神用这种方式保佑了他,给了他好报和祝福。在冥冥中主宰一切的神是慷慨的。"

(据《一千零一夜》,第三百五十一夜的故事)

往后靠的巫师

圣地亚哥有位教长一心想学巫术。他听说托莱多的堂伊兰在这方面比谁都精通,便去托莱多求教。

他一到托莱多就直接去堂伊兰家,堂伊兰正在一间僻静的屋子里看书。堂伊兰殷勤地接待了他,请他先吃饭,来访的目的推迟到饭后再说。堂伊兰带他到一个很凉爽的房间,说是为他的来到而高兴。饭后,教长说了来意,请他指教巫术。堂伊兰说已经看出他的身份是教长,他是有地位和远大前程的人,但担心教了他后会被他过河拆桥抛在脑后。教长向他保证,说不会忘掉他的好处,以后随时愿意为他效力。这一点取得谅解后,堂伊兰解释说,学巫术必须挑僻静的地方,便拉着他的手,到隔壁地上有一块圆形大铁板的房间。在这以前,堂伊兰吩咐女仆晚饭准备鹌鹑,但等他发话后再烤。他们两人抬开铁板,顺着凿得很平整的石板梯级下去,教长觉得他们已经深在特茹河床底下了。梯级最后通到一间小屋子,然后是一间书房,再之后是一间存放巫术器材的实验室。他们正在翻阅魔法书时,有两人给教长送来一封信,信是他当主教的叔父写的,信中说他叔父病得很重,如果他想活着见叔父一面就火速回去。这个消息使教长大为不快,一则是因为叔父的病,二则是因为要中断学习。他决定写一封表示慰问和歉意的信，派人送给主教。三天后，几个身着丧服的人来给教长送信，信中说主教已经病故，目前正在挑选继承人，蒙主之恩，教长有中选的希望。信中还说他不必赶回去，因为他本人不在时被选中更好。

十天后，两个衣着体面的使者前来，一见他就匍匐在地，吻他的手，称他为主教。堂伊兰见此情景，欣喜万分地对新主教说，喜报在他家里传到，他应该感谢上帝。接着，他为自己的一个儿子请求空出的教长位置。主教对他说，教长的位置已经许给主教自己的弟弟，不过可以另给好处，提出三个人一起前往圣地亚哥。

三人到了圣地亚哥，受到隆重的接待。六个月后，教皇派使者来见主教，委任他托洛萨大主教之职，并由他自行任命后任。堂伊兰听到这消息后，提醒他以前作出的许诺，请求他把职位给堂伊兰的儿子。大主教说这个职位已经许给他自己的叔父，不过可以另给堂伊兰好处，提出三人一起去托洛萨。堂伊兰只得同意。

三人到了托洛萨，受到隆重接待，还为他们举行弥撒。两年后，教皇派使者去见大主教任命他为红衣主教，并由他自行任命后任。堂伊兰听说此事，便提醒他过去作出的许诺，并为自己的儿子请求那个职位。红衣主教说大主教的职位已经许给他的舅舅,不过可以另给好处,提出三人一起去罗马。堂伊兰无法可想,只得同意。三人到了罗马,受到隆重接待,还为他们举行了弥撒和游行。四年后,教皇逝世,我们的红衣大主教被选为教皇。堂伊兰听到这消息,吻了教皇陛下的脚,提醒他以前作出的许诺,为自己的儿子请求红衣主教的职位,教皇威胁说要把他投入监狱,说他无非是个巫师,只在托洛萨教教巫术而已。可怜的堂伊兰说他准备回西班牙,请教皇给他一点路上吃的东西。教皇不同意。于是堂伊兰(他的容颜奇怪地变得年轻了)声音毫不颤抖地说:

"那我只得吃我为今晚预备的鹌鹑了。"

女仆出来,堂伊兰吩咐她开始烤鹌鹑。话音刚落,教皇发现自己待在托莱多的一个地下室里,只是圣地亚哥的一个教长,他为自己的忘恩负义羞愧得无地自容,结结巴巴不知怎么道歉才好。堂伊兰说这一考验已经够了,不再请他吃鹌鹑,把他送到门口,祝他一路平安,客客气气地同他分手。

(据王子堂胡安·曼努埃尔①所著《典范录》一书中的故事,该故事源出阿拉伯《四十晨和四十夜》)

---

① 堂胡安·曼努埃尔(1282—1348),西班牙作家,卡斯蒂利亚王子。《典范录》有五十一篇醒世小说,在中世纪文学中占重要地位。堂,西班牙语中用于男子名字前的尊称,意为"先生"。

墨中镜

历史记载说,苏丹最残忍的统治者是病夫雅库布,他重用了一批埃及税吏在他的国家里横征暴敛,1842年巴马哈特月14日死在宫中一个房间里。有人暗示说,巫师阿布德拉曼-艾尔-马斯穆迪(这个姓名可以译为"慈悲真主的仆人")用匕首或者毒药结果了他的性命,但是病死更可信——他不是有"病夫"之称吗?不管怎么说,理查德·弗朗西斯·伯顿[①]船长在1853年同那个巫师谈过话,叙说了谈话内容。我现在记录如下:

"我的弟弟易卜拉欣阴谋叛乱失败后,我确实在病夫雅库布的城堡里被囚禁过。当初苏丹科尔多凡的黑人酋长们虚假地答应响应,结果背信弃义,告发了易卜拉欣。我弟弟被绑在行刑的牛皮上,死于乱剑之下,但是我跪在病夫可憎的脚下,央求他说,我是巫师,如果他饶我一命,我可以行术招来比神灯显示的更奇妙的景象。压迫者要我立即证实。我要了一支麦秆笔、一把剪刀、一大张威尼斯纸、一个盛墨水的牛角、一个火盆、一些芫荽籽和一两安息香。我把那张纸剪成六长条,在五张上面画了符箓,在第六张上写了光辉的《古兰经》里的一句话:'我

① 理查德·弗朗西斯·伯顿(1821—1890),英国旅行家、作家,曾把《一千零一夜》译成英文,写过非洲、印度和美洲游记,他是第一个到达麦加的英国人,并和斯比克一起发现了非洲的坦噶尼喀湖。

们已经揭去你的面纱，现在你的眼睛明察秋毫之末。'接着，我在雅库布的右手掌画了一个魔图，要他窝着手，我在他掌心倒了一点墨水。我问他是不是清楚地看到墨水面上他自己的映像，他说看清了。我叫他别抬眼。我点燃安息香和芫荽籽，在火盆里焚化了符箓。我叫他报出他希望看到的形象。他想了片刻，说是想看到在沙漠边草场上吃草的最漂亮的野马。他果然看到了青葱恬静的草地，然后有一匹马跑近，像豹一般矫捷，额头有一块白斑。他又要求看一群马，都像第一匹那么神骏，看到地平线上升起一片尘埃，然后是马群。我当即明白，我性命已经保住。

"天刚亮，两个士兵来到我的囚室，把我带到病夫的房间，安息香、火盆和墨水已准备好等着我。他要我行施法术，我便把世上各种各样的景象招来给他看。我憎恶的那个如今已死去的人，在他掌心看到死人见过和活人见到的一切：世界不同地区的城市和国家，地底埋藏的宝贝，在海洋航行的船只，兵器、乐器和医疗器材，美丽的女人，恒星和行星，基督徒们用来画他们令人讨厌的图画的颜料，具有神奇功能的矿物和植物，靠人的颂扬和上帝的庇护维持的天使银像，学校里颁发的奖状，金字塔中心里的飞禽和帝王的塑像，支撑地球的公牛和牛脚下的鱼投下的影子，慈悲的真主的沙漠。他还看到无法描绘的事物，比如煤气灯照明的街道和听到人的呼喊时死去的鲸鱼。有一次,他要我让他看看一个名叫欧洲的城市。我给他看了欧洲的一条大街,熙熙攘攘的人流都穿着黑衣服,不少戴着眼镜,我认为他当时第一次看到了那个戴面具的人。

"那个人有时穿苏丹服装,有时穿军服,脸上始终蒙着一块帕子,从那时开始就侵入视野。他每次都出现,我们揣摩不出究竟是谁。墨水镜的映像起初是转瞬即逝或者静止不动的,现在变得复杂多了;画面随着我的指令立刻变化,暴君看得清清楚楚。我们两人往往都搞得精疲力竭。画面穷凶极恶的性质更使人感到疲乏。现在显示的都是刑罚、绞索、肢解、刽子手和残暴者的狞笑。

"我们到了巴马哈特月第十四天的清晨。手掌里的墨水已经注入,安息香已点燃,符箓已在火盆里焚化。当时只有我们两个人。病夫说要我显示一次无可挽回的极刑,因为他那天特别想看到死亡。我让他看到击鼓的士兵,行刑的牛皮已经打开,看热闹的人兴致勃勃,刽子手已握好行刑的剑。他看到刽子手有点吃惊,对我说:那是阿布·基尔,处死你弟弟易卜拉欣的刽子手,等我学会本领,不需你的帮助也能招来这些形象时,将由他来结束你的命运。他要我把被判死刑的人招来。那人出现时,他脸色大变,因为正是那个蒙着脸的神秘人物。他吩咐我,在那人被处死前,先把他脸上的帕子揭掉。我伏在他脚前说:啊,时间、实质和世纪总和之王,这个人与众不同,因为我们不知道他姓甚名谁，父母是何人，也不知道他是何方人氏，我是不敢碰他的，不然我要犯下大错，为之负责。病夫笑了，起誓说如果有过错，由他承担责任。他手按佩剑，以《古兰经》的名义起誓。于是我命令剥掉那个死囚的衣服，把他绑在张开的牛皮上，撕下他的面帕。这些命令一一执行。雅库布的眼睛终于惊骇地看到了那张脸——他自己的脸。他吓得魂飞魄散，用手蒙住自己的脸。我用坚定的手握住他哆嗦的右手，吩咐他继续看他自己的死刑仪式。他被墨水镜控制住了：根本不打算抬起眼睛或者泼掉墨水。当映像里的剑落到那颗有罪的脑袋上时，他发出一声不能引起我怜悯的呻吟，倒在地上死了。

"荣耀归于不朽的神，他手里握着无限宽恕和无限惩罚的两把钥匙。"

（据理·弗·伯顿的《赤道非洲湖畔地区》一书）

资料来源

心狠手辣的解放者莫雷尔

    马克·吐温:《密西西比河上》,纽约,1883

    伯纳德·德沃托:《马克·吐温的美国》,波士顿,1932

难以置信的冒名者汤姆·卡斯特罗

    菲利普·戈斯:《海盗史》,伦敦,剑桥,1911

女海盗金寡妇

    菲利普·戈斯:《海盗史》,伦敦,剑桥,1911

作恶多端的蒙克·伊斯曼

    赫伯特·阿斯伯里:《纽约的黑帮》,纽约,1928

杀人不眨眼的比尔·哈里根

    弗雷德里克·沃森:《枪手一百年》,伦敦,1931

    沃尔特·诺布尔·伯恩斯:《小子比来传奇》,纽约,1925

无礼的掌礼官上野介

    A.B.米特福德:《日本古代故事》,伦敦,1912

蒙面染工梅尔夫的哈基姆

帕西·赛克斯爵士:《波斯史》,伦敦,1915

《玫瑰的摧毁》德文版,亚历山大·舒尔茨根据阿拉伯原文翻译。莱比锡,1927

布罗迪报告

（1970）

序 言

  吉卜林后期创作的短篇小说错综复杂、扣人心弦,同卡夫卡或者詹姆斯相比有过之而无不及;但 1885 年他在拉合尔写的、1890 年汇编成集的一系列短篇却开门见山、直截了当,其中有不少堪称是精练的杰作,例如《萨德霍家》《范围之外》《百愁之门》;我有时思考:一个步入暮年的斫轮老手也可以倚老卖老地模仿有才华的青年人的构思和创作。思考的结果便是这个供读者评说的集子。

  我不知怎么福至心灵,会想到写直截了当的短篇小说。我不敢说它们简单;因为世上的文章没有一页、没有一字不是以宇宙为鉴的,宇宙最显著的属性便是纷纭复杂。我只想说明我一向不是,现在也不是从前所谓的寓言作家、如今称之为有使命的作家。我不存充当伊索的奢望。我写的故事,正如《一千零一夜》里的一样,旨在给人以消遣和感动,不在醒世劝化。这个宗旨并不意味我把自己关在象牙塔里。我的政治信仰是人所共知的;我是保守党人,那说明我对一切都抱有怀疑态度,谁都没有指责我是共产党、民族主义者、反犹分子、黑蚁派或罗萨斯派。我相信我们迟早不应该有政府。即使在最艰难的岁月里,我从不隐瞒自己的观点,但我并没有让那些观点影响我的文学创作,唯有中东六日战争引起的激动是个例外。文学的运作有其神秘之处;我们的意见是短暂的,符合缪斯的纯理论论点,而不符合爱伦·坡的论点,爱伦·坡认为,或者假装认为,写诗是智力活动。使我诧异的是,经典作家具有浪漫主义论点,而浪漫主义诗人却具有经典论点。

以篇名作为书名的那篇故事显然受到里梅尔·格列佛最后一次游历的影响①,除该篇外,用当前流行的术语来说,本集的故事都是现实主义的。我相信它们符合现实主义文学体裁的所有惯例,对那种体裁我们很快就会感到或者已经感到厌倦了。必不可少的虚构中有许多偶然事件,描写10世纪莫尔登战役②的盎格鲁-撒克逊民谣和冰岛传说里就有极好的例子。两篇故事——我不具体指出哪两篇——采用了同样的手法。好奇的读者会发现某些相似之处。有些情节老是纠缠着我;缺少

---

① 里梅尔·格列佛,出生于爱尔兰的英国作家斯威夫特(1667—1745)著名寓言小说《格列佛游记》中的人物,先后到过小人国、大人国、飞岛国和贤马国。贤马国的统治者是具有高度理性的贤马,另外有人形动物,它们贪婪、妒忌、凶残、毒辣,令人憎恶,可以说是罪恶的化身。斯威夫特借此表明,如果人类让贪欲战胜理智,就可能堕落成为人形动物。
② 指描写公元991年丹麦人攻占埃塞克斯战役的用古英语写的长诗。

变化已成了我的弱点。

题为《马可福音》的那篇故事是本集中最精彩的,它的大致情节取自乌戈·拉米雷斯·莫罗尼的一个梦;我根据自己的想象或者理解作了一些变动,可能有损于原意。说到头,文学无非是有引导的梦罢了。

我舍弃了巴罗克式的故作惊人的笔法,也没有采用出人意料的结尾。总之,我宁愿让读者对期望或惊奇有些思想准备。多年来,我认为凭借变化和新奇能写出好的作品;如今我年满七十,我相信已经找到了写作方法。文字变化既不会损害也不会改善内容,除非这些变化能冲淡沉闷,或减轻强调。语言是一种传统,文字是约定俗成的象征;独出心裁的人能做的改变十分有限;我们不妨想想马拉美或者乔伊斯①的不同凡响但往往莫测高深的作品。这些合情合理的理由有可能是疲惫的结果。古稀之年使我学会了心甘情愿地继续做我的博尔赫斯。

我对《西班牙皇家词典》(按照保罗·格罗萨克悲观的见解,它的每一个修订的版本都使前一版成为遗憾)和那些烦人的阿根廷方言语词词典一视同仁,不太重视。大洋两岸的人都倾向于强调西班牙和南美语言的区别,试图把它们加以分离。我记得罗伯托·阿尔特在这方面曾受到责难,说他对黑话切口

① 乔伊斯(1882—1941),爱尔兰小说家,代表作《尤利西斯》广泛运用了意识流的创作手法,不仅在遣词造句方面刻意创新,而且运用了大量典故、引语和神话,有些段落不加标点符号,隐晦难懂。

一无所知,他回答道:"我是在卢罗小镇贫穷的下层社会成长的,确实没有时间去学那些东西。"事实上,黑话切口是短剧作者和探戈词作者开的文学玩笑,郊区居民并不知晓,除非从留声机唱片听到。

我把故事的时间和空间安排得比较远,以便更自由地发挥想象。到了1970年,谁还记得巴勒莫或洛马斯郊区上一个世纪末的确切模样呢?尽管难以置信,也有喜欢较真的人。举例说,他们指出马丁·菲耶罗说的是皮囊不是皮袋,还挑剔说(也许不公平)某一匹名马的毛色应该是金黄带花的。

序言过长,上帝不容。这句话是克韦多说的,为了避免迟早会被发现的时代错乱,我还得啰唆一句,我从来不看萧伯纳写的序言。

豪·路·博尔赫斯

1970年4月19日,布宜诺斯艾利斯

第三者

*《列王纪下》，第一章第二十六节*①

有人说，这个故事是纳尔逊兄弟的老二，爱德华多，替老大克里斯蒂安守灵时说的。克里斯蒂安于一八九几年在莫隆县②寿终正寝。揆乎情理，这种说法不太可能；但可以肯定的是，在那落寞的漫漫长夜，守灵的人们一面喝马黛茶，一面闲聊，有谁听到这件事，告诉了圣地亚哥·达波维，达波维又告诉了我。几年后，在故事发生的地点图尔德拉，又有人对我谈起，这次更为详细，除了一些难免的细小差别和走样外，大体上同圣地亚哥说的一致。我现在把它写下来，因为如果我没有搞错的话，我认为这个故事是旧时城郊平民性格的一个悲剧性的缩影。我尽量做到有一说一，有二说二，但我也预先看到自己不免会做一些文学加工，某些小地方会加以强调或增添。

图尔德拉的人称他们为尼尔森兄弟。教区神甫告诉我，他

---

① 根据本篇内容应为《圣经·旧约》的《撒母耳记下》。其第一章第二十六节是这样写的：
"我兄约拿单哪，我为你悲伤！我甚喜悦你，你向我发的爱情奇妙非常，过于妇女的爱情。"
② 莫隆县，位于布宜诺斯艾利斯西郊。

的前任有次不无诧异地说起，曾经在他们家里见到一部破旧的《圣经》，黑色的封皮，花体字印刷；最后几张白页上有手写的家庭成员的姓名和生卒年月日，但已模糊不清。那是纳尔逊一家绝无仅有的一本书。也是他们家多灾多难的编年史，到头来终将湮没无闻。他们住的是一座没有粉刷的砖房，如今已不在了，从门厅那儿可以望见两个院子：一个是红色细砖铺地，另一个则是泥地。很少有人去他们家；尼尔森兄弟落落寡合，不同别人交往。家徒四壁的房间里只有两张帆布床；他们的贵重物品是马匹、鞍辔、短刃匕首、星期六穿的漂亮衣服和惹是生非的烧酒。据我所知，他们身材高大，一头红发。这两个土生土长的白种人可能有丹麦或爱尔兰血统，只是从没有听人说起。街坊们像怕红党①似的怕他们；说他们有人命案子也并非无中生有。有一次，兄弟两人和警察干了一架。据说老二和胡安·伊贝拉也打过架，并且没有吃亏，对于知道伊贝拉厉害的人，这很能说明问题。他们赶过牲口，套过大车，盗过马，一度还靠赌博为生。他们的吝啬出了名，唯有喝酒和赌钱的时候才慷慨一些。没听说他们有什么亲戚，也不清楚他们是从哪里来的。他们还有一辆大车和两头拉车的牛。

他们是亲兄弟，和逃亡到地中海海岸的亡命徒之间的结盟关系不同。这一点，加上我们不知道的其他原因，有助于我们

_____

① 红党，指支持阿根廷独裁者罗萨斯的党羽。

了解他们之间铁板一块的关系。你得罪其中一个就会招来两个仇敌。

尼尔森固然无赖,但长期以来他们的艳事只限于偷鸡摸狗或逛逛妓院。因此,当克里斯蒂安把胡利安娜·布尔戈斯带回家同居时,引起了不少议论。这一来,他固然赚了一个女用人,但同样确切的是他送给她许多俗不可耐的、不值钱的插戴,还带她到娱乐聚会上招摇。那年头,在大杂院里举行的寒酸的聚会上,跳舞时的灯光很亮,不准身体剧烈扭动,贴得太紧。胡利安娜皮肤黝黑,眼睛细长,有谁瞅她一眼,她就嫣然一笑。在贫民区,妇女们由于劳累和不事修饰容易见老,胡利安娜算是好看的。

爱德华多起初陪着他们。后来去了阿雷西费斯一次干什么买卖;回家时带了一个姑娘,是路上找来的,没过几天,又把她轰了出去。他变得更加阴沉;一个人在杂货铺里喝得酩酊大醉,谁都不答理。他爱上了克里斯蒂安的女人。街坊们或许比他本人知道得更早,幸灾乐祸地看到了两兄弟争风吃醋的潜在危机。

一天,爱德华多很晚才从街上回家,看到克里斯蒂安的黑马拴在木桩上。老大穿着他那身最体面的衣服在院子里等他。女人捧着马黛茶罐进进出出。克里斯蒂安对爱德华多说:

"我要到法里亚斯那儿去玩。胡利安娜就留给你啦;如果你喜欢她,你就派她用场吧。"

他的口气像是命令,但很诚恳。爱德华多愣愣地瞅了他一会儿,不知该怎么办。克里斯蒂安站起身,向爱德华多告了别,跨上马,不慌不忙地小跑着离去,他没有和胡利安娜打招呼,只把她当做一件物品。

从那晚开始,哥俩就分享那个女人。那种肮脏的苟合同本地正派规矩格格不入,谁都不想了解细节。开头几个星期相安无事,但长此下去毕竟不是办法。兄弟之间根本不提胡利安娜,连叫她时都不称呼名字。但两人存心找碴儿,老是闹些矛盾。表面上仿佛是争论卖皮革,实际谈的是另一回事。争吵时,克里斯蒂安嗓门总是很高,爱德华多则一声不吭。他们互相隐瞒,只是不自知而已。在冷漠的郊区,女人除了满足男人的性欲,供他占有之外,根本不在他眼里,不值得一提,但是他们两个都爱上了那个女人。从某种意义上来说,这一点使他们感到丢人。

一天下午,爱德华多在洛马斯广场碰到胡安·伊贝拉,伊贝拉祝贺他弄到一个漂亮娘儿们。我想,就是那次爱德华多狠狠地揍了他。以后谁都不敢在爱德华多面前取笑克里斯蒂安。

胡利安娜百依百顺地伺候兄弟两人;但无法掩饰她对老二更有好感,老二没有拒绝介入,可是也没有让她动感情。

一天,哥俩吩咐胡利安娜搬两把椅子放在红砖地的院子里,然后躲开,因为他们有事商谈。她估计这次谈话时间不会短,便去午睡,可是没多久就给唤醒。他们叫她把她所有的衣物塞在一个包里,别忘了她母亲留下的一串玻璃念珠和一个小十字架。他们不作任何解释,只叫她坐上大车,三个人默不作声地上了路。前些时下过雨;道路泥泞累人,他们到达莫隆时已是清晨五点。她被卖给那里一家妓院的老鸨。交易事先已经谈妥;克里斯蒂安收了钱,两人分了。

在那以前,尼尔森兄弟一直陷在那场荒唐爱情的乱麻(也是一种常规)里,回到图尔德拉以后,他们希望恢复他们先前那种男子汉的生活。他们回到了赌博、斗鸡场和偶然的斗殴之中。有时候他们也许自以为摆脱了烦恼,但是两人常常找一些站不住脚的,或者过分充足的理由,分别外出。快过年时,老二说要去首都办些事。克里斯蒂安便直奔莫隆;在上文已经提到过的那座房屋前面的木桩那儿,他认出了爱德华多的花马。他进了屋;发现另一个也在里面,排队等候。克里斯蒂安对他说:

"长此下去,我们的马会累垮的,不如把她留在身边。"

他找老鸨商量,从腰包里掏出一些钱币,把胡利安娜弄了出来。胡利安娜和克里斯蒂安同骑一匹马;爱德华多不愿多看,用马刺猛踢他的花马。

他们又回到以前的状况。那个丢人的解决办法行之无效;

哥俩都经不住诱惑,干了欺骗的勾当。该隐①的幽灵在游荡——但是尼尔森兄弟之间的感情深厚无比——有谁说得清他们共同经历过的艰难危险!——他们宁愿把激怒发泄在别人头上,发泄在一个陌生人,在狗,在替他们带来不和的胡利安娜身上。

3月份快完了,燠热仍没有消退②。一个星期日(星期日人们睡得早),爱德华多从杂货铺回家,看见克里斯蒂安在套牛车。克里斯蒂安对他说:

"来吧,该去帕尔多卖几张皮子;我已经装了车,我们趁晚上凉快上路吧。"

帕尔多集市在南面;他们走的却是车队路;不久又拐上一条岔道。随着夜色加深,田野显得更广阔。

他们来到一片针茅地边;克里斯蒂安扔掉烟蒂,不紧不慢地说:

"干活吧,兄弟。过一会儿长脚鹰会来帮我们忙的。我今天把她杀了。让她和她的衣物都待在这里吧。她再也不会给我们添麻烦了。"

兄弟二人几乎痛哭失声,紧紧拥抱。如今又有一条纽带把他们捆绑在一起:惨遭杀害的女人和把她从记忆中抹去的义务。

---

① 该隐,《圣经·旧约》中亚当和夏娃之子,出于嫉妒,杀死了亲兄弟亚伯,被上帝判处终身流浪。

② 南北半球的寒暑季节相反,地处南半球的阿根廷的3月份是夏末秋初。

小　人

城市在我们心目中的形象总是有点时代错移。咖啡馆退化成了酒吧;本来通向院子,可以瞥见葡萄架的门厅现在成了尽头有电梯的幽暗的走廊。多少年来我一直记得塔尔卡瓦诺街附近是布宜诺斯艾利斯书店;一天上午我发现取而代之的是一家古玩店,并且听说书店老板堂圣地亚哥·菲施拜恩已经去世。菲施拜恩是个胖子;我记不太清他的长相,却记得我们长时间的聊天。他镇定自若,常常谴责犹太复国主义,说它使犹太人成了普普通通的人,像所有别的人那样给捆绑在一个单一的传统、单一的国家上,不再具有目前那种丰富多彩的复杂性和分歧。他还告诉我,当时在编纂一部庞大的巴鲁克·斯宾诺莎作品选集,删去了那些妨碍阅读的欧几里得几何学的繁芜,给那异想天开的理论增添了虚幻的严谨。他给我看罗森罗思的《犹太神秘主义发凡》的善本,但又不肯卖给我,不过我藏书中有些金斯伯格和韦特的书却是在他店里买的。

一天下午只有我们两个人,他告诉了我他生活中一个插曲,今天我可以公之于众。当然,有些细节要做些改动。

　　"我要讲一件从未告诉过别人的事。我的妻子安娜不知道,我最好的朋友也都不知道。那是多年以前的事,现在已恍如隔世。也许可供你作为一篇小说的素材,你当然会加以剪裁。不知道我有没有对你说过,我是恩特雷里奥斯人。我们说不上是犹太高乔;从来就没有犹太高乔。我们是商人和小庄园主。我生在乌尔第纳兰,对那个地方已毫无印象;我父母来布宜诺斯艾利斯开店时,我年纪很小。我们家过去几个街区就是马尔多纳多河,再过去是荒地。

　　"卡莱尔说过,人们需要英雄。格罗索写的传记使我崇拜圣马丁①,但是我发现他只是一个在智利打过仗的军人,如今成了一座青铜雕像和一个广场的名字。一个偶然的机会让我遇到一个截然不同的英雄:弗朗西斯科·费拉里,对我们两人都不幸。那是我第一次听到他的名字。

　　"据说我们那个区不像科拉雷斯和巴霍那么野,不过每一家杂货铺里都有一帮爱寻衅闹事的闲人。费拉里老是泡在三执政—泰晤士杂货铺。促使我成为他的崇拜者的一件事就发生在那里。我去买一夸脱马黛茶。一个留着长头发和胡子的

━━━━━━━━━━━━━━━━━━━━━━━━━━━━━━

① 圣马丁(1778—1850),阿根廷将军、政治家,早年曾参加对拿破仑作战,1814年建立著名的安第斯军,与西班牙殖民军作战,于1818年及1821年分别解放了智利和秘鲁。之后他功成身退,侨居法国。

陌生人跑来要了一杯杜松子酒。费拉里和颜悦色地对他说：

"'喂，咱们前晚不是在胡利亚娜舞场见过面吗？你是哪里来的？'

"'圣克里斯多巴尔，'对方说。

"'我有话奉劝，'费拉里暗示说。'你以后别来啦。这儿有些蛮不讲理的人也许会让你不痛快。'

"圣克里斯多巴尔来的人一甩胡子走了。或许他并不比对方差劲，但他知道强龙斗不过地头蛇。

"从那天下午开始，弗朗西斯科·费拉里成了十五岁的我向往的英雄。他身体壮实、相当高大、仪表堂堂，算是时髦的。他老是穿黑颜色的衣服。不久，我们又遇到第二件事。我和母亲、姨妈在一起；我们碰上几个大小伙子，其中一个粗声粗气地对其余的人说：

"'放她们过去。老婆娘。'

"我不知所措。这时费拉里正好从家里出来，他插手了。他面对那个挑衅的人说：

"'你既然想找事，干吗不找我？'

"他挨着个儿慢慢地瞅着他们，谁都不吭声。他们知道费拉里。

"他耸耸肩膀，向我们打了招呼走了。在离开前，他对我说：

"'你如果没事，待会儿去酒店坐坐。'

"我目瞪口呆。我的姨妈莎拉说：

"'一位绅士，他让夫人们得到尊敬。'

"我母亲怕我下不了台，评论说：

"'我看是一个容不得别人拿大的光棍。'

"有些事情我不知该怎么向你解释。如今我混得有些地位，我有了这家我喜欢的书店，我看看这里的书，我有像你这样的朋友，我有妻子儿女，我加入了社会党，我是个好阿根廷公民，是个好犹太人。我是个受到尊敬的人。现在你看我的头发几乎脱光了；当时我却是个穷苦的俄罗斯小伙子，红头发，住在郊区。人们瞧不起我。像所有的年轻人一样，我试图同别人相似。我自己起了圣地亚哥这个名字，以回避原来的雅各布，菲施拜恩这个姓没有动。我们大家都努力符合人们指望看到我们的模样。我意识到人们对我的蔑视，我也蔑视自己。在那个时代，尤其在那种环境中，重要的是勇敢；但我自知是懦夫。我见了女人就胆战心惊；我为自己畏葸的童贞感到羞愧。我没有同龄的朋友。

"那晚我没有去杂货铺。我一直不去就好了。我总觉得费拉里的邀请带有命令的口吻。一个星期六的晚饭后，我走进那个地方。

"费拉里在一张桌子上座。一共六七个人，我都面熟。除了一个老头之外，费拉里年纪最大。老头言语不多，说话的神情很疲惫,唯有他的名字我一直记得:堂埃利塞奥·阿马罗。他松弛的宽脸有一条横贯的刀疤。后来我听说他吃过官司。

"费拉里吩咐堂埃利塞奥挪个地方,让我坐在他左边。我受宠若惊,手脚都不知道往哪里搁才好。我怕费拉里提起前几天叫我丢人的事。根本没提;他们谈的是女人、赌牌、选举、一个该到而没有到的歌手以及区里的事。起初他们和我格格不入;后来接纳了我,因为费拉里要他们这样做。尽管他们大多都有意大利姓,他们各自都觉得是土生土长的,甚至是高乔,别人也有这种感觉。他们有的赶马帮,有的是车把势,甚至是屠夫;他们经常同牲口打交道,气质接近农民。我觉得他们最大的愿望是成为胡安·莫雷拉那样的人。他们最后叫我小罗宋,不过这个绰号并没有轻蔑的意思。我跟他们学会了抽烟和别的事。

"在胡宁街的一家妓院里,有人问我是不是弗朗西斯科·费拉里的朋友。我说不是;我觉得如果回答说是,未免像是吹牛。

"一晚,警察闯进来盘问我们。有的人不得不去警察局;他们没有碰费拉里。半个月后,重演了一次;这次费拉里也给带走了,他腰里有把匕首。也许他在本区的头头那里已经失宠。

"现在我觉得费拉里是个可怜虫,上当受骗,被人出卖;当时他在我心目中却是一个神。

"友谊是件神秘的事,不次于爱情或者混乱纷繁的生活的任何一方面。我有时觉得唯一不神秘的是幸福。因为幸福不以别的事物为转移。勇敢的、强有力的弗朗西斯科·费拉里居然对我这个不屑一顾的人怀有友情。我认为他看错了人，我不配得到他的友谊。我试图回避，但他不允许。我母亲坚决反对我同她称之为流氓、而我仿效的那伙人来往，更加深了我的不安。我讲给你听的故事的实质是我和费拉里的关系，不是那些肮脏的事情，如今我并不为之感到内疚。只要内疚之感还持续，罪过就还存在。

"又回到费拉里旁边座位上的老头在同他窃窃私语。他们在策划。我在桌子另一头听到他们提起韦德曼的名字，韦德曼的纺织厂靠近郊区，地段偏僻。没多久，他们不作什么解释，吩咐我去工厂四面转转，特别要注意有几扇门，位置如何。我过了小河和铁路时已是傍晚。我记得附近有几幢零散的房子、一片柳树林、几个坑。工厂是新盖的，但有些荒凉的况味；它红色的砖墙在我记忆中如今和夕阳混淆起来。工厂周围有一道铁栏杆。除了正门之外，有两扇朝南的后门，直通工厂房屋。

"你也许已经明白了，可是我当时迟迟没有懂得他们的用意。我作了汇报，另一个小伙子证实了我说的情况。他的姐姐就在工厂工作。大家约好某个星期六晚上都不去杂货铺；费拉里决定下星期五去抢劫。我担任望风。在那之前，最好别让人家看见我们在一起。我们两人走在街上时，我问费拉里：

"'你信得过我吗?'

"'当然啦,'他回说。'我知道你是个男子汉。'

"那天和以后几天晚上,我睡得很香。星期三,我对母亲说,我要去市中心看新来的牛仔表演。我穿上我最体面的衣服,去莫雷诺街。电车路很长。到了警察局,他们让我等着,最后一个姓阿尔德或者阿尔特的工作人员接待了我。我说有机密事情相告。他让我大胆说。我向他透露了费拉里策划的事。使我诧异的是他竟不知道这个名字;我提起堂埃利塞奥时情况却不同。

"'噢,'他说。'那原是东区团伙的。'

"他请来另一位管辖我那个区的警官,两人商谈了一会儿。其中一个稍带讥刺的口气问我:

"'你是不是认为自己是好公民才跑来举报?'

"我觉得他太不了解我了,回答说:

"'是的,先生。我是个好阿根廷人。'

"他们嘱咐我照旧执行我头头的命令,但是发现警察赶到时不要打呼哨发出约定的暗号。我告辞时,两人中间的一个警告我说:

"'你得小心。你知道吃里爬外的下场是什么。'

"两个警官说了这句黑话高兴得像是四年级的学生。我回说:

"'他们杀了我最好，我求之不得。'

　　"星期五一大早，我感到决定性的一天终于来到的轻松，并为自己一点不内疚而惭愧。时间过得特别慢。我晚饭几乎没有碰。晚上十点钟，我们在离纺织厂不到一个街区的地点会合。我们中间有一个人没到；堂埃利塞奥说总是有临阵脱逃的窝囊废。我想事后正好把过错全归在他头上。快下雨了。我怕有人留下同我一起，但他们只让我一个人守在一扇后门外面。不久，警察在一名警官带领下出现。他们是步行来到的；为了不打草惊蛇，他们把马匹留在一块空地上。费拉里已经破门，大伙悄悄进了纺织厂。突然响起四声枪击，使我一惊。我想他们在屋里暗处残杀。接着，我看到警察押着那些上了手铐的小伙子出来。随后是两个警察，拖着费拉里和堂埃利塞奥。他们中了弹。审讯记录上说他们拒捕，先开了枪。我知道这是撒谎，因为我从未见过他们身边带手枪。警察利用这次机会清了旧账。后来我听说费拉里当时想逃跑，一颗子弹结果了他。当然，报纸把他说成是他也许从未成为的、而是我梦想成为的英雄。

　　"我是和别人一起被捕的，不久就放了我。"

罗森多·华雷斯的故事

那天晚上快十一点了;我走进玻利瓦尔街和委内瑞拉街拐角处的一家杂货铺,如今那里是酒吧。角落里有人向我打了一个招呼。他的模样大概有点威严,我应声走了过去。他坐在一张小桌前;我不知怎么觉得,他面对一个空酒杯,一动不动地在那里已经坐了很久。他身材不高不矮,仿佛是个规矩的手艺人,或许是个老派的乡下人。稀稀拉拉的胡子已经花白。他像乡下人那样谨小慎微,连围巾也没有解掉。他邀我和他一起喝点酒。我坐下后同他攀谈起来。那是一九三几年的事。

那人对我说:

"先生,您不认识我,至多听人提起过我的名字,可我认识您。我叫罗森多·华雷斯。已故的帕雷德斯也许同您谈起我。那个老家伙自有一套,他喜欢撒谎,倒不是为了诓人,而是和人家开玩笑。我们现在闲着没事,我不妨把那晚真正发生的事讲给您听。就是科拉雷罗被杀那晚的事。先生,您已经把那件事

布罗迪报告

写成了小说,我识字不多,看不了,但传说走了样,我希望您知道真相。"

他停了片刻,仿佛在梳理记忆,然后接着说道:

"人们总是遇到各种各样的事情,随着年岁的增长,看法逐渐变化。我那晚遇到的事却有点蹊跷。我是在弗洛雷斯塔区西面的马尔多纳多河地长大的。以前那里是条臭水沟,后来总算铺了路。我一向认为进步是大势所趋,谁都阻挡不了。总之,出身是自己无法决定的。我从没有想过要打听我的生父是谁。我的母亲克莱门蒂娜·华雷斯是个很正派的女人,替人洗熨衣服,挣钱糊口。据我所知,她是恩特雷里奥斯或者乌拉圭人;不管怎么样,我听她谈起她在乌拉圭的康塞普西翁市有亲戚。我像野草那样成长。学会了用烧火棍同别的小孩打斗。那时候我们还没有迷上足球,足球是英国人的玩意儿。

"有一晚,一个叫加门迪亚的小伙子在杂货铺故意找我麻烦。我不理睬,但他喝多了,纠缠不清。于是我们到外面去比试比试;到了人行道上,他回头推开杂货铺的门,对里面的人说:

"'别担心,我马上回来。'

"我身边总带着刀子;我们互相提防着,朝小河方向慢慢走去。他比我大几岁,和我打斗过好多次,我觉得他早就想杀了我。我挨着小巷的右边,他挨着左边。加门迪亚脚下给石块绊了一下摔倒了,我想也没想就扑了上去。我一刀拉破了他的脸,我们扭打在一起,难解难分,我终于掏到了他的要害,解决了问题。事后我发现我也受了伤,但只破了一点皮肉。那晚我懂得杀人或者被杀并不是难事。小河很远;为了节省时间,我把尸体拖到一座砖窑后面草草藏起。我匆忙中捋下他手上的一枚戒指,戴到自己手上。我整整帽子,回到杂货铺,不慌不忙地进去,对里面的人说:

"'回来的人似乎是我。'

"我要了一杯烧酒,确实也需要定定神。那时有人提醒我身上有血迹。

"那夜我在床上翻来覆去,天亮时才睡着。晨祷时分,两个警察来找我。我的母亲,愿她的灵魂安息,大叫大嚷。警察把我像犯人似的押走了。我在牢房里待了两天两夜。除了路易斯·伊拉拉以外谁也没有来探望,伊拉拉真是个患难朋友,可是他们不准我们见面。一天早晨,警察局长把我找去。他大模大样地坐在扶手椅里,看也没有看我就说:

"'如此说来,是你干掉了加门迪亚?'

"'那是您说的,'我回答。

"'对我说话要称呼先生。别耍花枪抵赖。这里有证人的证词和从你家里搜出的戒指。痛痛快快在供词上签字吧。'

"他把笔蘸蘸墨水,递给我。

"'容我想想,局长先生,'我回说。

"'我给你二十四小时,让你在牢房里好好想。我不会催你。假如你执迷不悟,那你就到拉斯埃拉斯街的踏板上去想吧。'

"那时我自然不明白他指的是绞刑架。

"'如果你签了字,在这里待几天就行了。我放你出去,堂尼古拉斯·帕雷德斯答应由他处理你的事。'

"他说是几天,结果过了十天之久。他们终于记起了我。我签了他们要我签的字据,两个警察中的一个把我带到加夫雷拉街。

"那里一栋房子门前的木桩上拴着几匹马,门厅和屋里的人乱哄哄的,比妓院还热闹,像是一个什么委员会。堂尼古拉斯在喝马黛茶,过了好久才答理我。他不紧不慢地告诉我,我给派到正在准备竞选活动的莫隆去。他把我推荐给拉斐勒先生,请他试用。写介绍信的是一个穿黑衣服的小伙子,据说是写诗的,老是写一些妓院题材的乌七八糟的东西,层次高的人不感兴趣。我谢了他对我的关照,走出那个地方。到了拐角处,警察就不跟着我了。

"一切都很顺利;老天知道该干什么。加门迪亚的死起初给我找了麻烦,现在却为我铺了一条路。当然,我现在给捏在当局的掌心里。假如我不替党办事,他们会把我重新关进去,不过我有勇气,有信心。

"拉斐勒先生告诫我说,我跟着他要规规矩矩,干得好,有可能充当他的保镖。我应该用行动证明。在莫隆以及后来在整个选区，我没有辜负头头们的期望。警察局和党部逐渐培养了我作为硬汉的名气；我在首都和全省的竞选活动中是个不可多得的人物。当时的竞选充满暴力；先生，我不谈那些个别的流血事件了，免得您听了腻烦。那些激进派叫我看了就有气，他们至今还捧着阿莱姆①的大腿。人人都尊敬我。我搞到一个女人，一个卢汉娘儿们，和一匹漂亮的栗色马。我像莫雷拉那般炙手可热，风光了好几年，其实莫雷拉最多算是马戏团里的高乔小丑。我沉湎于赌博喝酒。

"老年人说话啰唆，不过我马上要谈到我想告诉您的事了。不知道我有没有和您提过路易斯·伊拉拉。我的一个交情极深的朋友。他上了岁数，干活没得说的，对我特好。他当年也干过委员会的差事。平时凭木工手艺吃饭。他从不找人家麻烦，也不容人家找他麻烦。有一天早晨，他来看我，对我说：

"'你大概已经听说卡西尔达踹了我的事吧。把她从我身边夺走的人是鲁菲诺·阿吉莱拉。'

"我在莫隆同那家伙有些过节。我回说：

"'不错，我认识。阿吉莱拉几兄弟中间他算是最上路的。'

"'不管上不上路，你现在得帮我对付他。'

<hr />

① 阿莱姆(1842—1896)，阿根廷律师、政治家，激进公民联盟领袖，领导了1890年推翻华雷斯·塞尔曼总统的革命。

"我沉吟了一会儿,对他说:

"'谁也夺不走谁。如果说卡西尔达踹了你,那是因为她爱上鲁菲诺,你已经不再在她眼里了。'

"'别人会怎么说?说我窝囊?'

"'我的劝告是不要管别人怎么说,也不要去理会一个已经不爱你的女人。'

"'我并不把她当一回事。对一个女人连续想上五分钟的男人算不上汉子,只能算窝囊废。问题是卡西尔达没有良心。我们在一起的最后一晚,她说我老了,不中用了。'

"'她对你说的是真话。'

"'真话让人痛心。我现在恨的是鲁菲诺。'

"'你得小心。我在梅尔洛见过鲁菲诺打架。出手快极了。'

"'你以为我怕他吗?'

"'我知道你不怕他,但你得仔细考虑。反正只有两条路:不是你杀了他,去吃官司;就是他杀了你,你上黄泉路。'

"'确实是这样。换了你会怎么做?'

"'不知道,不过我这辈子不算光彩。我年轻时不懂事,为了逃避坐牢,成了委员会的打手。'

"'我不想做什么委员会的打手,我想报仇。'

"'难道你放着安稳日子不过,却为了一个陌生人和一个你已经不喜欢的女人去担风险?'

"他不听我的，自顾自走了。不久后，听说他在莫隆的一家酒店向鲁菲诺挑衅，在鲁菲诺手下丧了命。

"他自找死路，一对一地、公平地被人杀了。作为朋友，我劝告过他，但仍感到内疚。

"丧礼后过了几天，我去斗鸡场。我一向对斗鸡不感兴趣，那个星期天更觉得恶心。我想，那些鸡自相残杀，血肉模糊，又是何苦来着。

"我要说的那晚，也就是我故事里最后的那晚，我和朋友们约好去帕尔多跳舞。过去了那么多年，我还记得我女伴穿着花衣服的模样。舞会在院子里举行。难免有些酗酒闹事的人，但我安排得妥妥帖帖。午夜十二点不到，那些陌生人来了。其中一个叫科拉雷罗的，也就是那晚被害的人，请在场所有的人喝了几杯酒。事有凑巧，我们两人属于同一类型。他不知搞什么名堂，走到我面前，开始捧我。他说他是北区来的，早就听说我的大名了。我随他去说，不过开始怀疑起来。他不停地喝酒，也许是为了壮胆吧，最后说是要同我比试一下。那时谁都弄不明白的事发生了。我在那个莽撞的挑衅者身上看到了自己的影子，感到羞愧。我并不害怕；如果害怕，我倒出去和他较量了。我装着什么事也没有发生似的。他凑近我的脸，大声嚷嚷，故意让大家听见。

"'敢情你是个窝囊废。'

"'不错，'我说。'我不怕做窝囊废。你高兴的话还可以对大家说，你骂过我是婊子养的，朝我脸上啐过唾沫。现在你舒服了吧。'

"那个卢汉娘儿们把我插在腰带里的刀子抽出来，塞进我手里。她着重说：

"'罗森多，我想你非用它不可了。'

"我扔掉刀子，不慌不忙地走了出去。人们诧异地让开。我才不管他们是怎么想的。

"为了摆脱那种生活，我到了乌拉圭，在那里赶大车。回国后，我在这里安顿下来。圣特尔莫一向是个治安很好的地区。"

遭 遇

每天早晨浏览报纸的人不是看过就忘,便是为当天下午的闲聊找些话题,因此,谁都不记得当时议论纷纷的著名的马内科·乌里亚特和敦坎案件,即使记得也恍如梦中,这种情况并不奇怪;再说,事情发生在出现彗星和独立一百周年的1910年,那以后,我们经历和遗忘的东西太多太多。事件的主人公已经去世;目击证人庄严地发誓保持沉默。当时我只有十岁左右,也举手发誓,感到那浪漫而又严肃的仪式的重要性。我不知道别人是否注意到我作过保证;也不知道他们是否信守诺言。不管怎样,下面是事情的经过,由于时间久远,文字表达的好坏,难免同真情有些出入。

那天下午,我的表哥拉菲努尔带我去月桂庄园参加一个烧烤聚会。我记不清庄园的地形地貌了;只依稀觉得是在北部一个树木葱茏的静谧的小镇,地势向河边缓缓倾斜,和城市或草原完全不同。我觉得火车路程长得烦人,但是大家知道,小孩子总觉得时间过得太慢。我们走进庄园的大门时，天色已经开始昏暗。我感到那里的古老而基本的事物：烤肉的香味、树木、狗、干树枝、把人们聚在周围的火堆。

客人一共十来个；都是大人。我后来知道最大的不满三十岁。我很快就发现，他们熟悉的东西都是我所不了解的：赛马、时装、汽车、奢华的妇女。我怯生生地待在一边，没人打扰，也没人理会。一个雇工慢条斯理地精心烤着羊羔，我们则在长饭厅里耐心等待。有一把吉他；我记得仿佛是我的表哥弹奏了根据埃利亚斯·雷古莱斯①的《废墟》和《高乔》谱的曲子，以及当时那种贫乏的俚语写的十行诗，诗里讲的是胡宁街一场动刀子的决斗。咖啡和雪茄端上来了。谁都没有提回家的事。我感到了"为时太晚"的恐惧（卢戈内斯②语）。我不愿看钟。为了掩饰小孩在大人中间的孤独，我匆匆喝了一两杯酒。乌里亚特大声嚷嚷要和敦坎玩扑克。有人反对说，那种玩法没意思，不如四个人玩。敦坎同意了，但是乌里亚特以我不明白、也不想弄明白的固执态度坚持要一对一。我除了消磨时间的摸三张和独自思考的打通关以外，一向不喜欢纸牌游戏。我溜了出去，谁也没有注意。一座陌生而黑暗的大房子（只有饭厅里点着灯）对于小孩的神秘感，比一个陌生的地方对旅行者的神秘感更强

---

① 埃利亚斯·雷古莱斯(1860—1929)，乌拉圭医师、诗人、剧作家。
② 卢戈内斯(1874—1938)，阿根廷作家，现代主义代表人物，著有《高乔战争》等。

烈。我逐一探索那些房间;记得有一间台球房、一道安有长方形和菱形玻璃的回廊、两个吊椅、一扇可以望到外面凉亭的窗子。我在暗地里迷了路;庄园的主人——经过这么多年,我忘了他姓阿塞韦多还是阿塞瓦尔——终于找到了我。他出于关心或者收藏家的虚荣心,带我到一个玻璃柜子前面。点灯后,我看到柜子里面陈列的是白刃武器,一些被用得出了名的刀剑。他告诉我说,他在佩尔加米诺附近有一注地产,平时两地来往,陆陆续续收集了那些东西。他打开玻璃柜,没看卡片说明就如数家珍地介绍每件武器的历史,大体上是一样的,只是地点日期有些差别。我问他那些武器中间有没有莫雷拉的匕首,莫雷拉是当时高乔的代表人物,正如后来的马丁·菲耶罗和堂塞贡多·松勃拉。他不得不承认说没有,不过可以给我看一把一模一样的、也就是有 U 字形护手柄的匕首。这时,愤怒的嚷嚷声打断了他的话。他立刻关好柜子门,我跟着他出了房间。

乌里亚特嚷嚷说,他的对手玩牌作了弊。伙伴们站在两人周围。在我印象中敦坎比别人高大,膀粗腰圆,金黄色的头发淡得发白,脸上毫无表情。马内科·乌里亚特浮躁好动,皮肤黝黑得像是古铜色,傲慢地留着两撇稀疏的胡子。大家显然都喝多了;我不敢确定地上是不是有两三个酒瓶;也许是电影看多了,似乎有这种印象。乌里亚特不断地骂娘,字眼尖刻下流。

敦坎仿佛没听见;最后他不耐烦了,站起来给了乌里亚特一拳。乌里亚特倒在地上,喊叫说他绝不能容忍这种侮辱,要决斗解决。

敦坎说不行,解释似的补充说:

"问题是我怕你。"

大家哄笑了。

乌里亚特爬起来说:

"我要同你决斗,就是现在。"

不知是谁——愿上帝宽恕他——怂恿说武器是现成的,多的是。

有人打开玻璃柜。马内科·乌里亚特挑了那件最显眼、最长的带 U 字形护手柄的匕首;敦坎几乎是漫不经心地拿起一把木柄的刀子,刀刃上镌刻着一棵小树花纹。另一人说马内科挑选的简直是把剑,倒也符合他的性格。那时他的手在颤抖,谁都不奇怪;然而大家感到惊讶的是敦坎的手居然也抖得厉害。

按照习俗要求,人们不能在他们所在的室内决斗,而是要到外面去,否则是对主人不敬。我们半是正经、半是开玩笑地到外面夜晚潮湿的园子里去。我感到陶醉,并不是因为喝了几杯酒,而是由于将要看到的冒险行为;我盼望有谁杀人,以后有可以叙说、可以回忆的材料。在那一刻,别人的年岁也许不比我大多少。我还感到一个谁都无法控制的旋涡,把我们卷了进去,搞得晕头转向。大家并不相信马内科的指责;认为他们早有积怨,这次无非是借酒发泄而已。

我们经过凉亭,走进了树林子。乌里亚特和敦坎两人走在最前面;我感到奇怪的是他们互相提防着,唯恐谁搞突然袭击似的。我们来到一块草坪旁边。敦坎略带威严地说:

"这地方合适。"

两人犹豫不决地站在草坪中央。有人朝他们喊道:

"扔掉那些碍手碍脚的铁家伙,凭真本领打。"

但是两个人已经交上了手。起初仿佛害怕伤着自己似的有点笨拙;他们先瞅着对方的武器,后来盯着对方的眼睛。乌里亚特忘了愤怒,敦坎忘了冷漠或轻蔑。危险使他们变了模样;现在打斗的不是两个小伙子,而是两个成人。在我原先的想象中,那场决斗即便是混乱的刀光剑影,至少也应该和下象棋那样,能让人看清,或者几乎看清它的一招一式。虽然过了那么多年,当时的情景仍然历历在目,并没有被岁月冲淡。我说不准他们打了多久;有些事情不是通常的时间所能衡量的。

他们没有用斗篷缠在手臂上防护,而是用前臂直接抵挡打击。袖管很快就破成碎布条,被血染成殷红色。我想,当初以为那两人不善于这种格斗是错误的估计。我很快就发现,由于武器不同,他们使用的方法也不同。敦坎要弥补短兵器的不利条件,想尽量贴近对手;乌里亚特步步后退,以便用较长的武器劈刺。先前提醒玻璃柜子里有兵器的那个声音喊道：

"他们起了杀心。不能让他们斗下去了。"

没人敢上去干预。乌里亚特逐渐失去了优势；敦坎便冲上去。两人的身体几乎接触到了。乌里亚特的武器在寻找敦坎的脸，突然好像短了一截，因为已经捅进了敦坎的胸部。敦坎躺在草坪上，发出很低的声音，说：

"真奇怪。好像是一场梦。"

他眼睛没有闭上，一动不动；我亲眼目睹一个人杀了另一个人。

马内科·乌里亚特低头瞅着死者，请求宽恕。他毫不掩饰地抽泣起来。他刚干下的事是他自己始料不及的。我现在知道，他后悔莫及的不是自己的罪行，而是莽撞。

我不想再看了。我期盼的事情已经发生，使我震惊。拉菲努尔后来告诉我，他们好不容易才掰开死者的手指拿掉刀子。他们秘密商谈了一番。决定尽量讲真话，只不过把动刀子的格斗说成是用剑决斗。四个人自愿充当见证人，其中有阿塞瓦尔。一切在布宜诺斯艾利斯打点妥帖；朋友熟人总是能帮忙的。

纸牌和钞票杂乱地散在桃花心木桌子上，谁都不想看，不想碰。

在以后的岁月里，我不止一次想把这件事告诉哪个朋友，可是又觉得保守秘密比讲出来更让我得意。1929年前后，一次偶然的谈话使我突然打破了长期的沉默。退休的警察局长堂何塞·奥拉韦和我谈起雷迪罗底层社会刀客的故事；他说那种人往往抢先出手，什么卑鄙的事都干得出来，在波德斯塔和古铁雷斯①描写的决斗以前，几乎没有正派的决斗。我说我亲眼看到一次，便讲了多年前的那件事。

他带着职业的兴趣听完了我的故事，然后说：

"你能肯定乌里亚特和另一个人以前从没有见过面吗？他们也许有过什么前嫌。"

"不，"我说。"那晚所有的人都清楚，大家都很吃惊。"

奥拉韦慢腾腾地仿佛自言自语地说：

"一把护手柄是 U 字形的匕首。那种匕首有两把是众所周知的：一把是莫雷拉的，另一把是塔帕根的胡安·阿尔马达的。"

我隐约想起了什么事；奥拉韦接着说：

"你还提到一把木柄的刀子，有小树的图形。那种刀子成千上百，但是有一把……"

他停了片刻，接着又说：

"阿塞韦多先生在佩尔加米诺附近有地产。上一个世纪

---

① 波德斯塔(1853—1920)，阿根廷医师、现实主义小说家。古铁雷斯(1851—1889)，阿根廷作家，著有《胡安·莫雷拉》等描写高乔人生活的小说。

末,那一带另有一个大名鼎鼎的刀客:胡安·阿尔曼萨。他十四岁就杀过人,此后一直用那样的短刀,据说能给他带来好运。胡安·阿尔曼萨和胡安·阿尔马达结了怨仇,因为人们经常把他们搞混。他们多年来互相寻仇,但从来没有见面。后来,胡安·阿尔曼萨在一次竞选骚乱中死于流弹。在我印象中,另一个病死在拉斯弗洛雷斯街的医院里。"

那天下午没有再谈这件事。我们都在思索。

十来个已经去世的人看到了我亲眼看到的情景——长长的刀子捅进一个人的身体,尸体露天横陈——但是他们看到的是另一个更古老的故事的结局。马内科·乌里亚特并没有杀死敦坎;格斗的是刀子,不是人。两件武器并排沉睡在玻璃柜子里,直到被人触动唤醒。它们醒来时也许十分激动;因此乌里亚特的手在颤抖,敦坎的手也在颤抖。两人——不是他们的武器,而是他们本人——善于格斗,那晚斗得很激烈。他们在茫茫人世互相寻找了多年,终于在他们的高乔先辈已经成灰的时候找到了对方。人的凤怨沉睡在他们的兵刃里,窥伺时机。

物件比人的寿命长。谁知道故事是不是到此结束,谁知道那些物件会不会再次相遇。

胡安·穆拉尼亚

　　多年来，我经常自称是在巴勒莫区长大的。现在我知道那只是文学夸张。实际上，我的家是一道长栅栏另一边的一幢带花园的房子，里面有我父亲和祖辈的藏书室。人们告诉我说，拐角那边才是玩刀子和弹吉他的巴勒莫；1930 年，我写了一篇评论郊区诗人卡列戈的文章。不久以后，一个偶然的机会让我和埃米利奥·特拉帕尼相遇。我有事去莫隆；坐在窗口的特拉帕尼喊我的名字。我和特拉帕尼曾是泰晤士街小学的同桌同学，过了这么多年，我一时认不出他了。罗伯托·戈德尔肯定还记得他。

　　我们一向不很亲近。时间使我们更加疏远，互不关心。现在我记起是他把当时下层社会的俚语切口解释给我听的。我们没话找话，谈了一些琐碎的事情，还提到一个只记得名字的、已经去世的同学。特拉帕尼突然对我说：

　　"我借到一本你写的关于卡列戈的书。你在书里谈了不少恶棍的事情;博尔赫斯,你说你对恶棍有多少了解?"

他带着近乎惊恐的神情瞅着我。

"我有资料根据。"我回说。

他打断了我的话:

"资料是空话。我不需要什么资料;我熟悉那种人。"

他停了一会儿,然后像吐露一个秘密似的对我说:

"我是胡安·穆拉尼亚的外甥。"

上一世纪末期,在巴勒莫的刀客中间,穆拉尼亚的名气可以说是最大的。特拉帕尼接着说:

"他的老婆弗洛伦蒂娜是我的姨妈。也许你对此有些兴趣。"

他讲话时用了一些修辞学的强调语气和长句子,不由得使我怀疑他不是第一次讲这件事了。

"我母亲始终不愿意她姐姐和胡安·穆拉尼亚一起生活;在她眼里,穆拉尼亚是个亡命徒;在我姨妈弗洛伦蒂娜眼里,穆拉尼亚却是实干家。至于我姨夫的归宿,传说很多。有人说他某晚多喝了一些酒,赶车在上校街拐弯时从座位上摔了下来,磕碎了头颅。也有人说他犯了法遭到缉捕,便逃往乌拉圭。我母亲一向看不惯她的姐夫,根本不和我提他的事。我当时还小,对他毫无印象。

"独立一百周年前后,我们住在拉塞尔街一幢狭长的房子里。房子后门通向圣萨尔瓦多街,老是上着锁。我的姨妈住在顶楼,她年纪大了,有点怪僻。她瘦骨嶙峋,身材很高,或者在我印象中好像很高,言语不多。她怕风,从不外出,也不喜欢我们进她的房间,我不止一次发现她偷偷地拿走食物,隐藏起来。街坊们说穆拉尼亚的死或者失踪使她受了刺激。在我印象中,她老是穿黑颜色的衣服,还有自言自语的习惯。

"我们住的房子是巴拉加斯区[①]一家理发馆的老板卢凯西先生的财产。我母亲是干零活的裁缝,经济拮据。我常听到她和姨妈悄悄谈话,谈的东西我一点不懂,什么司法人员、强制执行、欠租动迁等等。我母亲一筹莫展;姨妈固执地颠来倒去地说:胡安决不会答应那个外国佬把我们赶出去的。她又提起我们已经听得滚瓜烂熟的事情:一个不知天高地厚的南方人居然怀疑她丈夫的勇气。她丈夫知道后走遍全城去找他,一刀就解决问题,把他扔进了小河。我不知道故事是否真实;重要的是有人说,也有人信。

"我想象自己在塞拉诺街的门洞里栖身,或者沿街乞讨,或者提着篮子叫卖桃子。最后一种情况对我的吸引力最大,因为那一来我就可以不上学了。

"我不知道这种忐忑不安的日子持续了多久。你的已经去世的父亲有一次对我们说,金钱是可以用分或者比索计算的,

---

① 巴拉加斯区,位于布宜诺斯艾利斯市南部。

时间却不能用日子计算,因为比索都是一样的,而每天甚至每一小时都各个不同。他说的话我当时不太懂,但是一直铭记在心。

"一晚,我做了一个噩梦。梦见和姨夫胡安在一起。我还没有见过他本人,不过我揣测他容貌像印第安人,身体壮实,胡子稀疏,头发却又长又密。我们在乱石和杂草中间朝南面走去,那条满是乱石和杂草的小径好像就是泰晤士街。梦中太阳挂得老高。胡安姨夫穿着黑颜色的衣服。他在一个似乎是关隘栈道的地方站停了脚步。他把手揣在怀里,不像是要掏武器的样子,而像是要把手藏起来。他声调十分悲哀地对我说:我的变化太大了。他慢慢抽出手,我看到的竟是一个鹰爪。我在暗地里叫嚷着惊醒了。

"第二天,我母亲叫我陪她一起去卢凯西的住处。我知道是去求他宽限;把我带去的目的无非是让债主看看我们孤苦无告的模样。她没有告诉姨妈,因为姨妈绝对不会同意她低三下四地去求人。我从没有到过巴拉加斯;我觉得那个地方人多、车多、空地少。我们到了要找的那幢房子的街角上,看到房前有警察和围观的人。一个居民一遍遍地对看热闹的人说,凌晨三点钟左右他被敲门声吵醒,听到开门和有人进去的声音。没有关门的动静;人们清晨发现卢凯西躺在门廊里,衣服没有穿整齐,遍体有刀伤。他独自一人生活;警方没有找到嫌疑人。没

124

有抢劫的迹象。有人说死者眼睛不好，最近几乎瞎了。另一人断定说：'他劫数到了。'这个结论和说话的口气给我印象很深；在以后的岁月里，我发现凡是有人死去的时候，总有这种说教式的断言。

"守灵的人请我们进去喝咖啡，我便喝了一杯。棺材里装的不是尸体而是一具蜡像。我把这事告诉母亲；一个殡仪员笑了，对我说那具穿黑衣服的蜡像就是卢凯西先生。我着迷似的瞅着。我母亲不得不把我拖开。

"此后几个月里，这件事成了人们唯一的话题。当时的罪案率不高；你不难想象，梅勒纳、坎伯纳和西勒特罗之类的案子引起了多少议论。布宜诺斯艾利斯唯一不动声色的人是弗洛伦蒂娜姨妈。她老年痴呆似的唠叨说：

"'我早就对你们说过，胡安不会容忍那个外国佬把我们赶到街上去的。'

"一天大雨滂沱。我上不了学，便在家里到处乱转。我爬到顶楼。姨妈合着手坐在那里；我觉得她甚至没有思想。房间里潮味很重。一个角落里放着铁床，床柱上挂着一串念珠；另一个角落有个放衣服的木箱。白粉墙上贴着卡门圣母像。床头柜上有个烛台。

"姨妈眼睛也没抬就对我说：

"'我知道你来这里干什么。你妈妈叫你来的。是胡安救了

我们，她还不明白。'

"'胡安？'我吃惊地说。'胡安十年前就死了。'

"'胡安在这里，'她对我说。'你想见见吗？'

"她拉开床头柜的抽屉，取出一把匕首。

"她声调柔和地接着说：

"'你瞧。我知道他永远不会抛弃我的。世上没有和他一样的男人。他根本没有给那个外国佬喘气的时间。'

"那时我才恍然大悟。那个可怜的神志不清的女人杀了卢凯西。她受憎恨、疯狂甚至爱情的驱动，从朝南的后门溜出去，深更半夜走街串巷，终于找到了那所房子，用她瘦骨嶙峋的大手把匕首捅了下去。匕首就是穆拉尼亚，是她仍然崇拜的那个死去的男人。

"我不知道她有没有把这事告诉我母亲。动迁前不久，她去世了。"

特拉帕尼的故事讲到这里就完了，我以后再也没有见过他。那个孤苦伶仃的女人把她的男人、她的老虎，同他留下的残忍的武器混为一谈，我从她的故事里似乎看到了一个象征或者许多象征。胡安·穆拉尼亚是在我所熟悉的街道上行走过的人，是有男人思想感情的男人，他尝过死亡的滋味，后来成了一把匕首，现在是匕首的回忆，明天将是遗忘，普普通通的遗忘。

老夫人

　　1941 年 1 月 14 日，玛丽亚·胡斯蒂娜·鲁维奥·德·豪雷吉整整一百岁。她是参加过独立战争的军人中唯一健在的后代。

　　她的父亲马里亚诺·鲁维奥上校算得上一个小有名气的人物。上校出身于外省庄园主家庭，生在施恩会[①]教区，在安第斯军里当过上尉，参加了恰卡布科战役，经历了坎恰拉亚达的挫折，曾在马伊普作战，两年后又参加阿雷基帕的战斗。[②]据说，在阿雷基帕战役前夕，何塞·奥拉瓦里亚[③]和他交换了佩剑，互相勉励。著名的塞罗阿尔托战役发生在 1823 年 4 月初，由于是在山谷里展开的，也称塞罗贝尔梅霍战役。委内瑞拉人总是妒忌我们的荣耀，把这一胜利归功于西蒙·玻利瓦尔将

----

① 施恩会，创建于 1218 年，最初的宗旨是和摩尔人交涉，赎回被俘虏的基督徒。
② 圣马丁于 1817 年 1 月 12 日率领安第斯军在智利恰卡布科山麓大败保皇军队，进军圣地亚哥，后在坎恰拉亚达受挫，1818 年又取得马伊普之役的胜利，奠定了智利的独立。
③ 何塞·奥拉瓦里亚(1801—1845)，阿根廷军人、爱国者。

军①,可是公正的观察家,阿根廷的历史学家,不会轻易受骗,知道胜利的桂冠应属于马里亚诺·鲁维奥上校。是他率领一团哥伦比亚轻骑兵,扭转了那场胜负难分的马刀和长矛的战斗,为后来同样著名的阿亚库乔战役作了准备。那次战役他也参加了,并且受了伤。1827年,他在阿尔韦亚尔②直接指挥下在伊图萨因戈英勇作战。他虽然和罗萨斯有亲戚关系,却站在拉瓦列一边,在一次他称之为马刀比试的战斗中击溃了游击队。中央集权派失败后,他移居乌拉圭,在那里结了婚。大战③期间,他死于奥里韦④白党军队围困下的蒙得维的亚。当时他四十四岁,几乎算是老了。他和诗人弗洛伦西奥·巴莱拉是朋友。军事学院的教官们很可能不让他毕业;因为他虽然经历过不少战役,可是从没有参加学院考试。他留下两个女儿,玛丽亚·胡斯蒂娜是小女儿,也是我们要介绍的。

　　1853年年末,上校的遗孀带了两个女儿在布宜诺斯艾利斯安置下来。她们没能收回被独裁者充公的乡间产业,那些失去的辽阔的土地虽然从未见过,却久久留在记忆中。玛丽亚·胡

---

① 西蒙·玻利瓦尔(1783—1830),委内瑞拉将军、政治家,有"拉丁美洲解放者"之称。
② 阿尔韦亚尔(1789—1853),阿根廷将军、政治家,曾和圣马丁一起发动1812年十月革命。1827年在伊图萨因戈击败巴西军队。
③ 这里的大战是指乌拉圭总统里韦拉对阿根廷独裁者罗萨斯进行的战争,从1839年持续到1852年,以1852年2月3日乌拉圭将军乌尔基萨在卡塞罗斯附近大败罗萨斯告终。
④ 奥里韦(1792—1857),乌拉圭将军、政治家,在罗萨斯支持下反对里韦拉,1842年至1851年间围困蒙得维的亚。

斯蒂娜十六岁时和贝尔纳多·豪雷吉医师结了婚,贝尔纳多不是军人,却在帕冯和塞佩达①打过仗,黄热病流行期间,他行医染病身亡。他留下一男二女:长子马里亚诺是税务稽查员,想写一部关于他父亲的详细传记,常去国立图书馆和档案馆查阅资料,但没有完成,也许根本没有动笔。大女儿玛丽亚·埃尔维拉和她的表哥,在财政部工作的萨阿韦德拉结了婚;二女儿胡利亚嫁给莫利纳里先生,他的姓虽然像意大利人,其实是拉丁文教授,很有学问。我不谈孙子和重孙辈了;读者已经可以想象出这是一个体面然而没落的家庭,具有史诗般的家史和一个在流亡中出生的女儿。

他们默默无闻地住在巴勒莫,离瓜达卢佩教堂不远,据马里亚诺回忆,坐有轨电车时可以望见那里水塘边几间外墙未经粉刷的小砖屋,不像后来那种用镀锌铁皮搭的棚屋那么寒酸;当时的贫困不如现在工业化给我们带来的贫困那么严重。当时的财富也不像现在这么多。

鲁维奥家住在一个百货商店楼上。楼梯安在一侧,很狭窄;栏杆在右面,通向一个阴暗的门厅,厅里有一个衣架和几把扶手椅。门厅进去是小客厅,里面有些布面的椅子,再进去是饭厅,放着桃花心木的桌椅和一个玻璃柜子。铁皮百叶窗老是

----

① 塞佩达,阿根廷布宜诺斯艾利斯省的一个峡谷。1859年乌尔基萨率领的军队在此打败米特雷。帕冯,阿根廷圣菲省的一条河流。1861年9月17日,米特雷率领布宜诺斯艾利斯军队在此附近打败乌尔基萨。

布罗迪报告

关着,光线暗淡。我记得屋里总有一股陈旧的气味。最里面是卧室、卫生间、盥洗室和女佣的房间。家里没有多少书籍,只有一卷安德拉德①的诗集,一本有关上校的评述,书后有手写的补充,一部蒙坦纳和西蒙编的《西班牙—美洲词典》,当初由于分期付款,并且奉送一个搁词典的小书架,才买下这部词典。他们有一笔老是滞后寄来的退休金,和洛马斯德萨莫拉②的一块土地的租金收入,那是以前大量地产中仅存的一小块。

在我故事所叙说的时期,老夫人和寡居的胡利亚以及她的一个儿子住在一起。她仍旧痛恨阿蒂加斯、罗萨斯和乌尔基萨;第一次欧洲战争使她痛恨那些她知之甚少的德国人,对她来说,那次战争同1890年的革命和塞罗阿尔托的冲锋一般模糊。1932年以后的印象逐渐淡忘;常用的比喻是最好的,因为只有它们才是真实的。当然,她信奉天主教,但这并不意味着她信奉三位一体的上帝和灵魂不朽之说。她两手数着念珠,喃喃念着她不太明白其中意义的祷告词。她习惯于过圣诞节,不过复活节和主显节;习惯于喝茶水,不喝马黛。对她来说,新教、犹太教、共济会、异端邪说、无神论等等都是同义词,不说明任何问题。她像父辈们那样从不用“西班牙人”一词,而用“哥特人③”。1910年,她不相信来访的西班牙公主谈吐居然出乎意

① 安德拉德(1841—1882),阿根廷诗人,创办了几家报纸,并参加政治活动。
② 洛马斯德萨莫拉,布宜诺斯艾利斯西南郊的一个县。
③ 哥特人,拉丁美洲独立战争时期对西班牙人的蔑称。

料地像西班牙移民,而不像阿根廷贵妇人。这个让人困惑的消息是她女婿丧礼时一个有钱的亲戚告诉她的,此人平时从不登门,有关她的新闻在报纸社交栏里经常可以看到。豪雷吉夫人喜欢用老地名;她平时提到的是艺术街、寺院街、平治街、慈悲街、南长街、北长街、公园广场、前门广场。家里人助长了她这些脱口而出的老话,他们不说乌拉圭人而说东部人。老夫人从不出门;也许她根本没有想到布宜诺斯艾利斯一直在起变化,在扩展。最早的印象是最生动的;在老夫人心目中,家门外的城市还是早在他们不得不迁出市中心以前的模样。那时候,牛拉的大车在九月十一日广场歇脚,巴拉加斯别墅区散发着凋谢的紫罗兰芳香。我近来梦见的都是死去的亲友,她最近常说这种话。她并不笨,但据我所知,她从未享受过知性的乐趣;她有的先是记忆,后是遗忘的乐趣。她一向很宽容。我记得她安详明亮的眼睛和微笑的模样。谁知道这个曾经很漂亮的、如今心如死灰的老妇人有过什么火一般的激情呢? 她喜爱那些同她相似的、无声无息地生存的花草,在屋里养了几盆秋海棠,有时抚弄她已看不清的叶子。1929 年后,她变糊涂了,用同样的词句,按同样的顺序,像念天主经似的讲过去的事情,我怀疑那些事情已经和印象对不上号了。她对食物也没有什么辨别能力,给她什么就吃什么。总之,她自个儿过得很滋润。

据说,睡眠是我们最神秘的行为。我们把三分之一的生命用于睡眠,却对它缺乏了解。对于某些人来说,它无非是清醒状态的暂时消失;对于另一些人来说,它是一种同时包含昨天、今天和明天的相当复杂的状态;对于再有一些人来说,它则是一连串不间断的梦。如果说豪雷吉夫人平静地过了十年浑浑噩噩的时间,也许是错误的;那十年中的每时每刻都可能是既无过去,也无将来的纯粹的现在。我们以日日夜夜、日历的数百页纸张、种种焦虑和事件来计算的现在,并不使我们感到惊异;它是我们每天早晨有记忆之前到每天晚上睡眠之前的经历。我们每天的经历是老夫人的双倍。

我们已经看到,豪雷吉家的处境有点虚幻。他们自以为属于贵族,贵族阶级却不认他们;他们是名门之后,历史书上却不常提到他们那位显赫的祖先的名字。有一条街道确实以那位祖先命名,可是知道那条街道的人很少,几乎埋没在西区公墓深处。

日子临近了。1月10日,一位穿制服的军人上门送达部长本人签署的信件,通知14日将登门拜访。豪雷吉家把这封信拿给所有的街坊看,着重指出信笺的印记和亲笔签名。新闻记者开始前来采访。豪雷吉家向他们提供种种资料;显然他们都听说过鲁维奥上校其人。素昧平生的人打电话来希望得到邀请。

全家人为那个重要的日子辛勤准备。他们给地板上蜡,擦拭窗玻璃,掸掉蜘蛛网,擦亮桃花心木家具和玻璃柜子里的银器,变换房间的布置,揭开客厅里钢琴的盖子,露出丝绒的琴键罩。人们进进出出,忙碌非常,唯有似乎什么都不明白的豪雷吉夫人置身事外。她微笑着;胡利亚让女佣帮忙,准备入殓似的把她打扮了一番。来宾进门首先看到的是上校的油画像,画像右下方搁着那把久经战斗的佩剑。家里生活最困难的时候也没有把剑卖掉,他们打算以后捐赠给历史博物馆。一位殷勤的邻居搬来一盆天竺葵,借给他们做装饰。

聚会预计七点钟开始。请柬上的时间定在六点半,因为他们知道谁都不愿意准时到场,像插蜡烛似的傻等着。七点十分,一个客人的影子都没有;家人们悻悻地议论不守时的优缺点。埃尔维拉自以为是准时到的,他说让别人久等是不可饶恕的失礼;胡利亚重复她丈夫的意见说迟到是一种礼貌,因为大家都迟到的话,谁也不会感到窘迫。七点十五分,屋里挤满了人。街坊们看到菲格罗亚夫人的汽车和司机,欣羡不已,她虽然从不请街坊们去做客,街坊们仍旧热情接待她,免得有人以为他们只在主教的葬礼上才见面。总统派了副官前来,那位和蔼可亲的先生说,能和塞罗阿尔托战役的英雄的女儿握手是他莫大的荣幸。部长要提前退席,念了一个简短的讲话稿,讲话中提到圣马丁的地方比提到鲁维奥上校的多。老夫人坐在大扶手椅里,垫了好几个枕头,时不时耷拉下脑袋或者掉落手里的折扇。一批名门闺秀在她面前唱了国歌,她似乎没有听到。

摄影师们根据艺术要求请来宾们摆出种种姿势,连连使用镁光灯。红白葡萄酒不够喝了,又开了几瓶香槟。豪雷吉夫人一句话也没说:她也许已经不知道自己是谁了。从那晚开始,她便卧床不起。

外人离去后,豪雷吉家吃了一些冷食当晚饭。烟叶和咖啡的气味盖过了淡淡的安息香味。

第二天的晨报和日报克尽厥职地撒了谎;赞扬英雄的女儿的奇迹般的记忆力,说她是"阿根廷百年历史的活档案"。胡利亚想让她也看看这些报道。老夫人在昏暗的房间里闭着眼睛,一动不动。她没有发烧;医生替她作了检查,宣布一切正常。几天后,老夫人溘然去世。大批客人的闯入、前所未有的混乱、镁光灯的闪烁、部长的讲话、穿制服的人、频频握手、开香槟酒的瓶塞声响,这一切加速了她的死亡。她或许以为玉米棒子党①又来了。

我想到塞罗阿尔托的阵亡的战士们,想到死于马蹄践踏的美洲和西班牙的被遗忘的人们;我想,一个多世纪之后,秘鲁那场马刀长矛的混战最后的牺牲者是一位老夫人。

---

① 罗萨斯统治布宜诺斯艾利斯时期,他领导的人民复兴党横行霸道,无恶不作,百姓称之为玉米棒子党,因为该党的标志有玉米棒子图案。

决　斗

献给胡安·奥斯瓦尔多·维维亚诺

　　我故事的两个主角之一，菲格罗亚夫人，把亨利·詹姆斯[1]的作品介绍给我，他没有忽视历史，在那方面用了一百多页讽刺和温情的篇幅，其中穿插着复杂并且故意含混的对话，可能还添加了一些过分虚假的感情色彩。不同的地理背景：伦敦或波士顿，并没有改变本质的东西。我们的故事既然发生在布宜诺斯艾利斯，我也就不加更动了。我只谈梗概，因为描写它缓慢的演变过程和世俗的环境不符合我的文学创作习惯。对我来说，写下这个故事只是一件顺便的小事。我要提请读者注意的是情节并不重要，重要的是人物和局面形成的原因。

　　克拉拉·格伦凯恩·德·菲格罗亚性情高傲，身材高挑，头发像火一般红。她才华并不出众，智力不及理解力那么强，但能欣赏别人，包括别的女人的才华。她心胸宽阔，兼容并包；

----

① 亨利·詹姆斯(1843—1916)，美国心理分析小说家，1915年因美国迟迟未参加世界大战愤而加入英国国籍，以示抗议。著有《贵妇人的画像》、《鸽翼》、《螺丝在拧紧》等。后期作品句子冗长复杂，副词和比喻堆砌，有猜谜一样的对话，意思含混。

喜爱世界的丰富多彩；也许正由于这个原因，她到处旅行。她知道命中注定的环境有时是毫无道理的仪式的组合，但这些仪式使她感到有趣，便认真执行。她很年轻的时候奉父母之命和伊西多罗·菲格罗亚博士结了婚，博士曾经出任阿根廷驻加拿大的大使，后来辞去了职务，理由是在电报、电话普及的时代，大使馆不合时代潮流，只能增加负担。他的决定招来同事们的普遍恚恨；克拉拉喜欢渥太华的气候——说到头，她毕竟有苏格兰血统——何况大使夫人的身份并不让她感到讨厌，但她没有反对博士的主张。之后不久，菲格罗亚去世了；克拉拉经过几年犹豫和思索，决定从事绘画，这一决定或许是从她的朋友玛尔塔·皮萨罗的榜样中得到的启发。

人们提起玛尔塔·皮萨罗时，都说她和聪明过人的、结婚后又离异的内利达·萨拉像是一对姐妹。

在选择画笔之前，玛尔塔·皮萨罗也曾考虑过从事文学。她原可以用法文写作，因为她习惯于阅读法文书籍；西班牙文是她在家里使用的工具，正如科连特斯省的太太们使用瓜拉尼语一样。她在报刊上经常可以看到卢戈内斯和马德里人奥尔特加-加塞特[①]的作品；那两位大师的风格证实了她的猜测：她命中注定要使用的语言只适于炫示辞藻，不适于表达深邃的思

---

① 奥尔特加-加塞特(1883—1955)，西班牙哲学家、散文作家，著有《吉诃德的冥想》、《艺术的非人性化》、《群众的反叛》等。

想或澎湃的激情。她的音乐知识限于参加音乐会时不会出乖露怯。她是圣路易斯人;她精心绘制了胡安·克里索斯托莫·拉菲努尔[1]和帕斯夸尔·普林格斯[2]上校的肖像,作为她的绘画生涯的开端,不出所料,那些画像果然由省博物馆收购。她从本乡本土的名人的肖像画转向布宜诺斯艾利斯古老房屋的风景画,用文静的色彩描绘优雅的庭院,不像别人那样处理得俗不可耐。有些人——当然不是菲格罗亚夫人——说她的艺术具备 19 世纪热那亚艺术大师的韵味。克拉拉·格伦凯恩和内利达·萨拉(据说萨拉对菲格罗亚博士曾有好感)之间一直存在某种敌对的态度;她们两人明争暗斗,玛尔塔只是工具而已。

众所周知,这一切是在别的国家开始的,最后才传到我们的国家。众多的例子之一是那个名为具体或抽象的画派,由于蔑视逻辑和绘画语言,今天已经很不公正地遭到遗忘。那一派振振有词,音乐既然可以创造一个特有的声音世界,那么音乐的姐妹,绘画,当然也可以尝试我们所见事物的没有呈现出来的色彩和形式。李·卡普兰说,他的绘画虽然不受资产阶级青睐,但完全遵照《圣经》里不准人类塑造偶像的禁律(伊斯兰教也有同样的规矩)。他认为,绘画艺术的真正传统遭到丢勒[3]

---

① 胡安·克里索斯托莫·拉菲努尔(1797—1827),阿根廷诗人。
② 帕斯夸尔·普林格斯(1795—1831),阿根廷军人,独立战争中功勋卓越。
③ 丢勒(1471—1528),德国画家、雕塑家,德国绘画文艺复兴的领导人物,名作有《骑士、死亡与魔鬼》等。

或伦勃朗①之类的异端分子的歪曲,而反对偶像崇拜的人正在恢复它。攻击他的人则说他乞灵于地毯、万花筒和领带的图案。美学革命提供了不负责任的、不费力气的诱惑;克拉拉·格伦凯恩选择了抽象画的道路。她一向崇拜透纳②;打算靠她尚未确立的辉煌成就来弘扬具体艺术。她稳扎稳打地工作着,有的作品推倒重来,有的弃而不用。1954年冬天,在苏帕查街一家专门陈列当时流行的所谓先锋派作品的画廊里展出了一系列蛋黄彩画。不可思议的事发生了:公众的一般反应还算良好,但是该派的机关刊物抨击了违反常规的形式,说那些简单的圆圈和线条即使不属象征性的,至少使人联想到落日、丛林或者海洋的混乱景象。克拉拉·格伦凯恩暗自好笑。她想走现代派的道路,却被现代派拒之门外。她专心工作,不问成果。这个插曲并不能影响她的绘画风格。

隐秘的决斗已经开始。玛尔塔不仅是艺术家,她还热衷于可以称为艺术管理的工作,在一个名叫乔托③画社的协会里担任秘书。1955年中期,她设法让已经是会员的克拉拉在协会新的领导班子里充当发言人。这件事表面上无足轻重,但值得细细揣摩。玛尔塔帮了她朋友的忙,然而不容置疑而有点神秘的

① 伦勃朗(1606—1669),荷兰画家,在明暗处理方面有独到之处,名作有《蒂尔普医生的解剖课》、《守夜》,以及大量宗教和神话题材的绘画。
② 透纳(1775—1851),英国水彩画家,作品光线效果极佳。
③ 乔托(1266—1337),意大利佛罗伦萨画家,但丁的好友。这里的画社以他命名。

是,有惠于人的人比受惠的人高出一筹。

1960年,"两支具有国际水平的画笔"——请原谅这句套话——竞选一等奖。年长的一位候选者用浓重的油彩表现了一个斯堪的纳维亚型的高大的高乔人的凶悍形象;她的年轻得多的对手努力用毫无联系的笔触赢得了喝彩和惊愕。评委们都已年过半百,唯恐人们说他们观点落后,心里尽管厌恶,仍倾向于进行表决。经过激烈辩论后,大家意见不能统一,起先还注意礼貌,后来感到腻烦了。第三次讨论时,有人提出:

"我认为乙画不好;实际上我觉得还不及菲格罗亚夫人的作品。"

"您投她一票吗?"

"不错,"前者赌气说。

当天下午,评委们一致同意把奖项授予克拉拉·格伦凯恩。她人品好,人缘也好,常在她的比拉尔街的别墅举行招待会,一流的刊物派记者前去采访摄影。这次祝贺晚宴是玛尔塔组织提供的。克拉拉发表了简短得体的讲话,向她表示感谢;她说传统和创新、常规和探索之间并不存在对抗,实际上,传统是由长年累月的探索形成的。出席展览会的有不少社会名流,几乎全体评委,以及个别画家。

我们认为偶然性总是差强人意,而其他机会要好一些。高乔崇拜和幸福向往是都市人的怀旧心理;克拉拉·格伦凯恩和玛尔塔厌烦了一成不变的闲适生活,向往那些毕生致力于创造美好事物的艺术家的世界。我猜想,天堂里的有福之人大概认为那里的优点被从未到过天堂的神学家们夸大了。被打入地狱的人也许并不觉得地狱里总是可怕的。

两年后,第一届拉丁美洲造型艺术国际代表大会在卡塔赫纳市①举行。各个共和国都派出代表。会议主题很有现实意义:艺术家能否摆脱地方色彩? 能否回避本乡本土的动植物,不涉及具有社会性质的问题,不附和反对撒克逊帝国主义的斗争? 等等。菲格罗亚博士在出任驻加拿大大使前曾经在卡塔赫纳担任外交职务;克拉拉为上次得奖而自豪,希望这次以艺术家的身份旧地重游。这一希望落了空;政府指定玛尔塔·皮萨罗为代表。根据驻布宜诺斯艾利斯记者们不偏不倚的看法,她的成绩虽然不老是令人信服,还算得上是杰出的。

生活要求激情。两个女人在绘画中,或者说得更确切一点,在绘画促成她们之间的关系中,找到了激情。可以说,克拉拉·格伦凯恩是为了玛尔塔,想压倒她而绘画的;她们互为对方作品的评判和孤独的观众。我不可避免地在那些如今已无人欣赏的画幅中注意到了她们之间的一种相互影响。不应忘记,她们两人是有好感的,在那场隐秘的决斗中,两人一贯光明磊落。

----

① 卡塔赫纳市,哥伦比亚地名。

在此期间，年纪已经不轻的玛尔塔拒绝了一次结婚的机会；她只关心她的斗争。

1964 年 2 月 2 日，克拉拉·格伦凯恩死于动脉瘤。报上刊登了有关她的大幅讣告，在我们的国家里，这仍旧必不可少，因为妇女被认为是一个性别的成员，而不是个人。除了匆匆提到她对绘画的爱好和高雅的品位外，大量文字用于叙说她的虔诚、善良、一贯的几乎隐名的善举、她显赫的家世——格伦凯恩将军曾参加巴西战役——以及她在上层社会里的杰出地位。玛尔塔觉得她的生活已经没有意义了。她从未像现在这样感到空虚。她想起了早期的情景，便在国立艺术馆展出一幅朴素的克拉拉的画像，是用她们两人都喜爱的英国大师们的笔法绘制的。有人评论说这是她最优秀的作品。此后，她再也没有拿起画笔。

只有少数几个亲密朋友注意到那场微妙的决斗，其中既无失败也无胜利，甚至没有值得一提的冲突或其他明显的情况。唯有上帝（我们不了解他的审美爱好）才能授予最后的桂冠。在黑暗中运行的历史将在黑暗中结束。

决斗（另篇）

多年前一个夏天的傍晚，小说家卡洛斯·雷伊莱斯[1]的儿子卡洛斯在阿德罗格对我讲了下面的故事。长期积怨的历史及其悲惨的结局如今在我记忆里已和蓝桉树的药香和鸟叫混在一起。

我们和往常一样，谈论的是阿根廷和乌拉圭的混乱的历史。卡洛斯说我肯定听人提到胡安·帕特里西奥·诺兰其人，他以勇敢、爱开玩笑、调皮捣乱出名。我撒谎说知道这个人。诺兰是1890年前后去世的，但人们仍常像想念朋友似的想起他。也有说他坏话的人，这种人总不缺少。卡洛斯把他许多胡闹行为中的一件讲给我听。事情发生在泉城战役前不久；主角是塞罗拉尔戈的两个高乔人，曼努埃尔·卡多索和卡曼·西尔韦拉。

---

[1] 卡洛斯·雷伊莱斯(1868—1938)，乌拉圭小说家，著有长篇小说《塞维利亚的魅力》、《高乔人弗洛里多》、《该隐的种族》，短篇小说集《多梅尼科》、《戈雅的任性》和散文集《天鹅之死》、《激励》等。

他们之间的仇恨是怎么形成的,原因何在?那两个人除了临终前的决斗之外没有惊人的事迹,一个世纪以后怎么能勾起他们隐秘的故事?雷伊莱斯父亲家的一个工头,名叫拉德雷查,"长着老虎般的胡子",从老辈人嘴里听到一些细节,我现在照搬过来,对于它们的真实性信心不是很大,因为遗忘和记忆都富有创造性。

　　曼努埃尔·卡多索和卡曼·西尔韦拉的牧场是毗连的。正如别的激情一样,仇恨的根源总是暧昧不清的,不过据说起因是争夺几头没有烙印的牲口或者是一次赛马,西尔韦拉力气比较大,把卡多索的马挤出了赛马场。几个月后,两人在当地的商店里一对一地赌纸牌,摸十五点;西尔韦拉每盘开始时都祝对手好运,但最后把对手身边的钱统统赢了过来,一枚铜币都没给他留下。他一面把钱装进腰包,一面感谢卡多索给他上了一课。我认为他们那时候几乎干了起来。争吵十分激烈;在场的人很多,把他们拆开了。当时的风气粗犷,人们动辄拔刀相见;曼努埃尔·卡多索和卡曼·西尔韦拉的故事独特之处在于他们无论在傍晚或清晨不止一次地会动刀子,而直到最后才真干。也许他们简单贫乏的生活中除了仇恨之外没有别的财富,因此他们一直蓄而不泄。两人相互成了对方的奴隶而不自知。

　　我不知道我叙述的这些事究竟是果还是因。卡多索为了找些事做,并不真心实意地爱上了一个邻居的姑娘塞尔维利安娜;西尔韦拉一听说这事,就按自己的方式追求那姑娘,把她弄上手,带到牧场。过了几个月,觉得那个女的烦人,又把她赶走。女人一气之下去投奔卡多索;卡多索同她睡了一夜,第二天中午把她打发走了。他不愿要对手的残羹剩饭。

在塞尔维利安娜事件前后,那些年里又出了牧羊犬的事。西尔韦拉特别宠爱那条狗,给它起名"三十三"①。后来狗失踪了,在一条沟里发现了它的尸体。西尔韦拉一直怀疑有人投了毒。

1870 年冬季,阿帕里西奥②革命爆发时,他们两人正好在上次赌牌的那家酒店。一个巴西混血儿率领了一小队骑马来的起义者向酒店里的人动员,说是祖国需要他们,政府派的压迫再也不能忍受,向在场的人分发白党标志,大家并没有听懂这番话的意思,但都跟着走了,甚至没有向家人告别。曼努埃尔·卡多索和卡曼·西尔韦拉接受了命运的安排;当兵的生活并不比高乔人的生活艰苦。幕天席地枕着马鞍睡觉对他们并不是新鲜事;他们习惯于宰牲口,杀人当然也不困难。他们想象力一般,从而不受恐惧和怜悯的支配,虽然冲锋陷阵之前有

---

① 1825 年,乌拉圭独立运动领袖拉瓦列哈上校率领三十三名乌拉圭爱国者在阿格拉西亚达海滩登陆,在当地数百名志士协助下围困蒙得维的亚,宣布独立,队伍逐渐扩大,击败了巴西占领军。为纪念这一事件,乌拉圭有两个省分别命名为"拉瓦列哈"和"三十三人"。
② 阿帕里西奥(1814—1882),乌拉圭军人,1871 年率领白党起义,在泉城被击败。

时也感到恐惧。骑兵投入战斗时总能听到马镫和兵器的震动声。人们只要开始时不负伤就以为自己刀枪不入了。他们认为领饷是天经地义的事。祖国的概念对他们比较陌生;尽管帽子上带着标志,他们为哪一方打仗都一样。他们学会了使用长矛。在前进和后撤的行军过程中,他们终于觉得虽然是伙伴,仍旧可以继续相互为敌。他们并肩战斗,但据我们所知,从不交谈。

1871年秋季形势不利,他们的气数已尽。

战斗前后不到一小时,是在一个不知名的地点进行的。地名都是历史学家们事后加上的。战斗前夕,卡多索蹑手蹑脚走进指挥官的帐篷,低声请求说,如果明天打胜仗,留个红党俘虏给他,因为他迄今没有砍过人头,想试试究竟是怎么回事。指挥官答应了他,说是只要他表现勇敢,就让他满足这一心愿。

白党人数较多,但对方武器精良,占据山冈有利地形把他们杀得死伤狼藉。他们两次冲锋都没能冲上山顶,指挥官受了重伤,认输投降。对方应他的要求,就地杀死了他,免得他受罪。

白党士兵放下了武器。指挥红党军队的胡安·帕特里西奥·诺兰十分烦琐地布置了惯常的俘虏处决方式。他是塞罗拉尔戈人,对于西尔韦拉和卡多索之间的凤怨早有所闻。他把两人找来,对他们说:

"我知道你们两人势不两立,早就想拼个你死我活。我有个好消息告诉你们;太阳下山之前,你们就能表明谁是好汉。我让你们每人脖子上先挨一刀,然后你们赛跑。上帝知道谁获胜。"

把他们押来的士兵又把他们带了下去。

消息很快就传遍整个宿营地。诺兰事先决定赛跑是下午活动的压轴戏,但是俘虏们推出一个代表对他说他们也想观看,并且在两人之中一人身上下赌注。诺兰是个通情达理的人,同意俘虏们的请求;于是大家纷纷打赌,赌注有现钱、马具、刀剑和马匹,本来这些东西应该及时交给遗孀和亲戚的。天气热得出奇;为了保证大家午睡,活动推迟到四点钟开始(他们花了好大劲才叫醒西尔韦拉)。诺兰按照当地白人的风俗,又让大家等了一小时。他和别的军官们谈论胜利;马弁端了茶壶进进出出。

泥土路两边帐篷前面是一排排的俘虏,坐在地上,双手反绑,免得他们闹事。不时有人骂娘,一个俘虏开始念祈祷文时,几乎所有的人都显得吃惊。当然,他们抽不了烟。现在他们不关心赛跑了,不过大家还是观看。

"他们也要吹我的灯,"一个俘虏含着妒意说。

"不错,不过是成堆干的,"旁边一个说。

"跟你一样,"对方顶了他一句。

一个军士长用马刀在泥土路上画一道横线。西尔韦拉和卡多索给松了绑,以免影响他们奔跑。两人相距四米左右。他们在起跑线后面站好;有几个军官请求他们别对不起人,因为对他们的希望很大,押在他们身上的赌注可观。

西尔韦拉由混血儿诺兰处置,诺兰的祖辈无疑是上尉家族的奴隶,因此沿用了诺兰这个姓;卡多索由一个正规的刽子手处置,那是一个上了年纪的科连特斯人,为了让受刑人安心,他总是拍拍受刑人的肩膀说:"别害怕,朋友;娘儿们生孩子比这更遭罪。"

两人身子朝前倾,急于起跑,谁都不看对手。

诺兰上尉发出讯号。

混血儿诺兰为自己担任的角色骄傲,一激动手下失掉了准头,砍了一条从一侧耳朵连到另一侧耳朵的大口子;科连特斯人干得干净利落,只开了一个窄窄的口子。鲜血从口子里汩汩冒出来;两个人朝前跑了几步,俯面趴在地上。卡多索摔倒时伸出胳臂。他赢了,不过也许自己根本不知道。

瓜亚基尔

我不必看伊格罗塔山峰在普拉西多湾洋面上投下的倒影，不必去西岸共和国，不必在图书馆里辨认玻利瓦尔的手迹，我在布宜诺斯艾利斯完全可以揣摩出它确切的形状和难解的谜团。

我把前面一段文字重新看了一遍，准备接着往下写时，它那忧伤而又夸大的笔调使我感到惊讶。一提那个加勒比海的共和国，似乎不能不遥想到它的大名鼎鼎、笔力千钧的历史学家何塞·科泽尼奥夫斯基，但是就我的情况而言，还有另一个理由。我写第一段的隐秘的目的是给一个令人痛心而又无足轻重的事件增添一些伤感色彩。我把经过情况和盘托出；或许有助于我对事件的理解。此外，如实说出一件事情的时候，行为人就成了见证人，观察者和叙说者就不再是执行者了。

事情是上星期五发生的，地点就在我目前写作的这个房间，时间也是下午这会儿，不过天气没有现在这么凉快。我知道我们倾向于忘掉不愉快的事;因此,我得在淡忘之前赶紧记下我同爱德华多·齐默尔曼博士的对话。我现在的印象仍很清晰。

为了便于理解,我先得回顾一下玻利瓦尔几封信件的奇特的经历。阿韦亚诺斯博士著有一部《五十年混乱史》,原稿在众所周知的情况下据说已经遗失,但由他的孙子里卡多·阿韦亚诺斯博士于1939年发现并出版,玻利瓦尔的信件就是从老博士的资料中发掘出来的。根据我从各种刊物收集来的资料判断,这些信件意义不大,但有一封1822年8月23日从卡塔赫纳发出的信件却非同小可,"解放者"在信里谈到他和圣马丁将军会晤的细节。玻利瓦尔如果在文件里披露了瓜亚基尔会晤的情况,即使只有一小部分,它的价值怎么估计也不会过高。里卡多·阿韦亚诺斯博士一向坚决反对文牍主义,不愿把信交给历史研究所,却想提供给拉丁美洲的共和国。我们的大使梅拉萨博士的工作十分出色,阿根廷政府首先接受了这一无私的奉献。双方商定由阿根廷政府派代表前去西岸共和国首都苏拉科,把信件抄录下来,在国内发表。我担任美洲历史教授的那所大学的校长向部长推荐我去完成那一使命;由于我又是国立历史研究所研究员,基本上得到该所的一致认可。部长接见我的日期已经定了下来,却有消息说南方大学提出,由齐默尔曼博士作为他们的人选,我只能假设南方大学事先不清楚我们的决定。

读者也许知道,齐默尔曼是一个编纂历史的外国学者,遭到第三帝国驱逐,如今是阿根廷公民。他的工作无疑是值得表彰的,但我只看到一篇他根据后世参考罗马历史学家的评论而写的、为迦太基犹太共和国辩护的文章,以及一篇主张政府的职能不应是明显和痛苦的论文似的东西。这一论点理所当然地遭到马丁·海德格尔①的坚决驳斥,他用报刊标题的影印件证明,现代的国家首脑远非默默无闻的人物,而是喜爱人民戏剧的主角、赞助人和领舞,有华丽的舞台布景为他衬托,会毫不犹豫地运用演说技巧。他还证实齐默尔曼有希伯来血统(为了不明说犹太血统)。这位令人尊敬的存在主义者的文章直接促使了我们的客人流亡国外,闯荡世界。

毫无疑问,齐默尔曼来布宜诺斯艾利斯的目的是为了晋见部长;部长通过秘书建议我和齐默尔曼谈谈,让他了解情况,避免两所大学闹得不痛快。我自然同意。我回到家里时,家里人说齐默尔曼博士已经来电话通知下午六时来访。大家知道,我住在智利街。六点整,门铃响了。

作为平头百姓,我亲自去开门,带他进我的书房。他在庭院里站住,打量了一下周遭;黑白两色的地砖、两株玉兰树和雨

---

① 马丁·海德格尔(1889—1976),德国哲学家,存在主义学说创始人之一,著有《存在与时间》等。

水池引起他一番评论。我觉得他有点紧张。他没有特别的地方;年龄四十左右;脑袋显得稍稍大了一些。他戴茶晶眼镜;有一次摘下来,随即又戴好。我们互相寒暄时,我得意地发觉自己比他高一点,但马上为我的得意感到惭愧;因为我们毕竟不进行体力或智力的搏斗,只是可能不太舒服地澄清问题。我不善于或者根本不会观察别人,但是我记得他那身别扭的打扮,让我想起某位诗人描写丑陋时的丑陋语言。至今我仍记得他衣服的颜色蓝得刺眼,纽扣和口袋太多。他的领带像是魔术师的双扣套索。他带着一个皮公文包,估计里面全是文件。他留着两撇军人似的小胡子;谈话时点燃了一支雪茄烟,当时给我的印象是那张脸上的东西太多了。太拥挤了,我想道。

语言的连续性不恰当地夸大了我们所说的事实,因为每个字在书页上占一个位置,在读者心里占一个瞬间;除了我列举的细节外,那个人给人以经历坎坷的印象。

书房里有参加过独立战争的我的曾祖父的一帧椭圆形照片和一个放着佩剑、勋章和旌旗的玻璃柜子。我把那些有光荣历史的旧物指点给他看,还作一些说明;他像是完成任务似的迅速扫视一下,无意识而机械地接过我的话头,有时不免显得自以为是。例如,他说:

"不错。胡宁战役。1824 年 8 月 6 日。华雷斯的骑兵的冲锋。"

"苏亚雷斯的骑兵，"我纠正他说。

我怀疑他故意说错名字。他仿佛东方人那样摊开双臂惊呼道：

"我的第一个错误，并且不会是最后一个！我这些知识是从书本上看来的，容易搞混；您对历史却有鲜明的记忆。"

他发音不准，"勒""纳"不分。

这类恭维并不使我高兴。屋里的书籍却引起了他的兴趣。他几乎深情地浏览那些书名，我记得他是这么说的：

"啊，叔本华，他总是不信历史……格里泽巴赫印刷的版本，我在布拉格的家里有一本一模一样的，我原希望和那些称心的书本为友，安度晚年，然而正是历史，体现在一个疯子身上的历史，把我赶出了我的那个家、那个城市。如今我和您在一起，在美洲，在您府上……"

他说话很快，但不准确；西班牙语发音里带着明显的德语口音。

我们已经坐好，我借他的话切入正题。我对他说：

"这里的历史比较仁慈。我在这栋房屋里出生，打算在这里老死了。这柄剑陪伴我的曾祖父转战美洲，最后给带到这里；我在这里对过去进行思考，写我的书。几乎可以说我从未离开过这间书房，可是现在我终于要出去了，到我只在地图上见过的国度去开开眼界。"

我微微一笑，淡化刚才说的可能过头的话。

"您指的是加勒比海的某个共和国吗?"齐默尔曼说。

"正是。我不久就要动身了，承蒙您在我离开之前来访，"我说。

特里尼达替我们端来了咖啡。我自信地接着缓缓说：

"您大概已经知道部长给了我任务，派我去抄录阿韦亚诺斯博士资料里偶然发现的玻利瓦尔的信件，并且撰写一篇绪言。这一任务是我一生工作的顶峰，有机会由我来做实在太幸运了，从某种意义上说，它是我生而有之、在我血管里流动的东西。"

我把该说的话说了出来，松了一口气。齐默尔曼似乎没有听进去;他不瞧我的脸，却望着我身后的书籍，含含糊糊地点点头，着重说：

"在血管里流动。您是真正的历史学家。您的人在美洲土地上驰骋，进行伟大的战役，而我的人默默无闻，在犹太人区里几乎抬不起头。用您雄辩的语言来说，历史在您血管里流动;您只要倾听它隐秘的流动声就够了。我不一样，我必须到苏拉科去辨认文件，可能是伪托的文件。请相信我，博士，您的条件让我妒忌。"

他的话里没有流露出挑战或者嘲弄;而是表达一种意愿，使未来成为不可逆转的既成事实的意愿。他的论点并不重要;

有力的是他的为人，他的雄辩。齐默尔曼像讲课似的悠悠地接着说：

"在玻利瓦尔研究方面（对不起，应该说圣马丁），亲爱的老师，您的地位已经确立。我还没有看到玻利瓦尔那封有关的信件，但是不可避免或者合乎情理地猜测，玻利瓦尔写那封信的目的是自我辩解。不管怎样，那封受到炒作的信件向我们披露的，将是我们可以称作玻利瓦尔派而不是圣马丁派的情况。一旦公之于世，必须对它作出评估、审查，用批判的眼光加以甄别，必要时，加以驳斥。作出最后判断的、最合适的人选将是洞察秋毫的您。如果按照科学的严格要求，您可以用放大镜、手术刀、解剖刀！请允许我再补充一句，传播这封信件的人的姓名将和信联系在一起。这种联系对您无论如何是不合适的。公众发现不了细微的差异。"

我明白，我们再怎么辩论下去到头来仍是白费口舌。当时我或许已经感到了；为了避免同他正面冲突，我抓住一个细节，问他是不是真的认为信件是伪托的。

"就算是玻利瓦尔亲笔写的，"他回说。"也不说明里面讲的全是真话。玻利瓦尔可能欺骗对方，也可能是他自己搞错了。您是历史学家，是善于思考的人，您比我清楚，奥妙之处不在文字，在于我们本身。"

那些夸夸其谈的空话让我厌烦，我不客气地指出，瓜亚基尔会晤时,圣马丁将军放弃了他的雄心壮志,把美洲的命运交给了玻利瓦尔,我们周围的众多谜团里,这也是一个值得研究的不解之谜。

齐默尔曼说:

"各种解释都有……有人猜测圣马丁落进了一个圈套;有人,例如萨缅托[①],认为圣马丁受的是欧洲教育,在欧洲参加过对拿破仑的战争,对美洲的情况很不理解;再有,主要是阿根廷人,说他忘我无私,还有说他是由于心力交瘁。有些人甚至归因于某些共济会性质的秘密社团。"

我指出,不管怎样,能了解秘鲁保护者和拉丁美洲解放者确切说过什么话总是一件有意义的事。

齐默尔曼断然说:

"他们交谈时说什么话也许无关紧要。两个人在瓜亚基尔相遇;如果一个压倒了另一个,是因为他具有更坚强的意志,不是因为他能言善辩。您明白,我没有忘记我的叔本华。"

他微笑着补充说:

"语言,语言,语言。莎士比亚,无与伦比的语言大师,却鄙视语言。不论在瓜亚基尔,还是在布宜诺斯艾利斯或者布拉格,语言的分量始终不及人重。"

---

① 萨缅托(1811—1888),阿根廷政治家、作家、教育家。1868 年至 1874 年间任阿根廷总统。著有小说《法昆多,文明与野蛮》,政论《美洲种族的冲突与和谐》等。

那时，我感到有什么事正在我们中间发生，说得更确切些，已经发生了。我们仿佛已经不是原来的我们。书房里暗了下来，还没有点灯。我似乎漫无目的地问道：

"您是布拉格人，博士？"

"以前是布拉格人，"他答道。

为了回避中心问题，我说道：

"那准是一个奇特的城市。我没有去过，但是我看的第一本德文书是梅林克写的《假人》。"

齐默尔曼说：

"古斯塔夫·梅林克的作品里只有这部值得记住。其余的作为文学作品相当差劲，作为通神论的作品更加糟糕，最好不去看。不管怎么，那本梦中套梦的书确实表现了布拉格的奇特之处。布拉格的一切都很奇特，您也可以说，什么都不奇特。什么事都有可能发生。我在伦敦时，某个傍晚也有同样的感觉。"

"您刚才谈到意志，"他说。"马宾诺钦①里有个故事说两位国王在山顶下棋，他们各自的军队在山下厮杀。一位国王赢了棋；传令兵骑马上山报告说，输棋的那位国王的军队打了败仗。人的战斗反映在棋盘上。"

"您瞧，魔法的作用，"齐默尔曼说。

---

① 马宾诺钦，威尔士的系列传奇，主要是亚瑟王和圆桌骑士的故事，由于语言古拙，看的人很少。马洛礼(1395—1471)写的《亚瑟王之死》里许多故事取材于此。

我回答道：

"或者是意志在两种不同的战场上的表现。凯尔特人也有一个故事讲的是两个有名的吟唱诗人的比赛。一个诗人弹着竖琴，从黎明唱到黄昏。星星和月亮爬上来时，他把竖琴交给对手。后者把琴搁在一边，站起身。前者认输了。"

"多么睿智，多么简练！"

齐默尔曼惊叹道。

他平静后接着说：

"我得承认，我对不列颠知道得太少了，实在惭愧。您像白天一样涵盖了西方和东方，而我只局限于我的迦太基一角，现在我用少许美洲历史来补充我的不足。我只能循序渐进。"

他的声调里带有希伯来和日耳曼的谦卑，但我认为他已经胜券在握，说几句奉承我的话对他毫无损失。

他请我不必为他此行的安排费心（他说的是此行的"有关事宜"）。随即从公文包里取出一封早已写好的给部长的信，信中用我的名义说明我辞去任务的理由和齐默尔曼博士的公认的资格，并且把他的自来水笔塞到我手里，让我签名。他收好那封信时，我瞥见了他的已经确认的从埃塞萨到苏拉科的飞机票。

他离去时，再次站在叔本华的作品前面说：

"我们的老师，共同的老师，有句名言：世上没有不自觉的行为。如果您待在这座房屋，您祖传的这座宽敞的房屋，是因为您内心想留在这里不走。我尊重并且感谢您的决定。"

我一言不发地接受了他最后的施舍。

我送他到大门口。告别时，他说：

"咖啡好极了。"

我把这些杂乱无章的东西看了一遍，毫不迟疑地扔进火炉。这次会晤时间很短。

我有预感，我不会在这件事上再提笔了。我的主意已定。

《马可福音》

故事发生在胡宁县①南端的白杨庄园,时间是 1928 年 3 月底。主人公是一个名叫巴尔塔萨·埃斯比诺萨的医科学生。我们不妨把他当成许许多多布宜诺斯艾利斯青年中的一个,除了善于演讲,在拉莫斯·梅希亚英语学校不止一次得奖,以及心地极其善良之外,几乎没有值得一提的特点。他虽有口才,却不喜欢辩论,宁愿对话者比自己有理。他喜欢赌博的刺激,但输的时候多,因为赢钱使他不快。他聪颖开通,只是生性懒散;年纪已有三十三岁,还没有找到对他最有吸引力的专业,因此没有毕业。他父亲和同时代的绅士们一样,是自由思想者,用赫伯特·斯宾塞②的学说教导他,但是他母亲在去蒙得维的

①　阿根廷有两个地方称胡宁:一是西北部的胡宁省;一是布宜诺斯艾利斯省的胡宁县(今称市),在首都西南,紧挨萨拉多河。
②　赫伯特·斯宾塞(1820—1903),英国哲学家、社会科学家,首先把达尔文的进化论原理应用于哲学和伦理学。斯宾塞在伦理学上崇尚功利主义,强调个人的重要性;在教育方面,蔑视文科,主张应以自然科学为主。

亚之前,要他每晚念天主经,在身上画十字。多年来他从未违反过这个诺言。他不缺勇气;一天上午有几个同学想强迫他参加罢课,他挥拳相向,不完全是因为愤怒,更多的是由于漠不关心。他生性随和,有不少见解或习惯却不能令人赞同,比如说,他不关心国家,却担心别地方的人认为我们还是用羽毛装饰的野人;他景仰法国,但蔑视法国人;他瞧不起美国人,但赞成布宜诺斯艾利斯盖起摩天大厦;他认为平原的高乔人骑术比山区的高乔人高明。当他的表哥丹尼尔邀他去白杨庄园过暑假时,他马上同意,并不是因为他喜欢乡村生活,而是因为他不愿意让别人扫兴,因为他找不出适当的理由可以拒绝。

庄园的正宅很大,有点失修;总管住的偏屋离得很近。总管姓古特雷,一家三口人:父亲、一个特别粗鲁的儿子、一个不像是亲生的女儿。三个人都瘦长,结实,骨架很大,头发有点红,面相像印第安人。他们几乎不开口。总管的老婆死了好几年了。

埃斯比诺萨在乡村逐渐学到一些以前不懂也不曾想到的东西。比如说吧,快到家时,马不能骑得太快;不办事的话,出门不骑马。日子一长,听了叫声就能辨出是什么鸟。

几天后,丹尼尔要去首都敲定一笔牲口买卖。交易最多花一星期。埃斯比诺萨对他表哥的风流韵事和讲究衣着打扮早已有些厌倦,宁肯留在庄园看看教科书。天气闷热,晚上都没有凉意。拂晓时雷声把他惊醒。风抽打着木麻黄。谢天谢地，埃斯比诺萨听到了雨点声。冷空气突然来到。当天下午，萨拉多河泛滥了。

第二天，巴尔塔萨·埃斯比诺萨在走廊上望着水淹的田野，心想把潘帕草原比作海洋的说法至少在今天早上一点不假，尽管赫德森①写道由于我们不是坐在马背上或者站着，而是从船甲板上眺望，所以海洋看来并不大。雨一直不停；古特雷一家在这个碍手碍脚的城里人的帮助下救出了大部分牛群，不过还是淹死了好几头。庄园与外界交通的四条道路统统被水淹没。第三天，总管住的房子屋顶漏水，有坍塌的危险；埃斯比诺萨让他们搬到正宅后面挨着工具棚的一个房间。迁移后，他们比以前接近；一起在大餐厅吃饭。交谈很困难；古特雷一家人对乡村的事情知道得很多，但是不会解释。一晚，埃斯比诺萨问他们，当地人是不是记得军区司令部设在胡宁时印第安人袭击骚扰的情况。他们说记得，但问起查理一世②被处死的事时，他们也说记得。埃斯比诺萨想起他父亲常说，乡村里长寿的人几乎都是坏记性，或者日期概念模糊。高乔人往往记不清

---

① 赫德森(1841—1922)，英国自然学家、小说家，父母系美国人，生于阿根廷，1900 年加入英国国籍，以描写阿根廷背景的自然界景色著称。作品有《紫色的土地》、《阿根廷鸟类》、《绿宅》、《牧人生活》、《一位自然学家的自述》等。

② 查理一世(1600—1649)，英国国王，暴虐无道，遭到以克伦威尔为首的议会反对，在保皇派与议会派的内战中被出卖，斩首处死。

自己是哪一年生的，父亲叫什么名字。

整幢房子里没有什么书，只有几本《小庄园》杂志、一本兽医手册、一部《塔巴雷》①精装本、一本《阿根廷的短角牛》、几本色情或侦探故事书和一部新出版的小说《堂塞贡多·松勃拉》。古特雷一家都不识字，埃斯比诺萨为了打发晚饭后的时光，找些事做，便念两章《松勃拉》给他们听。总管赶过牲口，遗憾的是他对别人赶牲口的经历不感兴趣。他说这件工作很轻松，他出门时只带一匹驮马，就能装上路途所需的一切，如果不赶牲口，他一辈子也不会去戈麦斯湖、布拉加多以及查卡布科的努涅斯牧场。厨房里有一把吉他；在发洪水之前，雇工们常常围坐着，有人给吉他调调音，但从不弹。这就叫吉他演奏。

埃斯比诺萨好多天没刮脸，留起了胡子，他常常对着镜子瞅自己变了样子的面容，想到回布宜诺斯艾利斯之后同伙伴们讲萨拉多河泛滥的事肯定会使他们腻烦，不禁笑了。奇怪的是，他怀念一些以前从未去过、以后也不会去的地方：卡勃雷拉街有一个邮筒的拐角，胡胡伊街一家门口的石砌狮子，离九月十一日广场几条马路、他不很清楚具体地点的有瓷砖地的一家商店。至于他的兄弟和父亲，他们多半已从丹尼尔那里听说由于河水上涨，他像困在孤岛上那样与世隔绝了。

---

① 《塔巴雷》，乌拉圭作家、诗人索里利亚·德·圣马丁的长诗，根据印第安民族的传说故事写成，共六章，被认为是拉丁美洲文学中具有独创性的作品。索里利亚还写了史诗《祖国的传说》、游记《道路的声响》等。

庄园的房屋一直被洪水围着,他到处看看,找到一部英文的《圣经》。在最后的几面白页上,古斯里家族——那才是他们的真姓——记载了他们的家史。他们的原籍是英国因弗内斯,19世纪初叶来到美洲,无疑地做了雇工,同印第安人通了婚。一八七几年后,家谱记录中断;那时他们已不会写字了。再过了几代,他们把英语忘得一干二净;埃斯比诺萨认识他们时,他们由于懂西班牙语才找到工作。他们没有宗教信仰,但他们的血液里仍残留着加尔文教派固执的狂热和潘帕草原的迷信。埃斯比诺萨把他的发现告诉了他们,他们似乎听而不闻。

他随便翻翻那本书,指头翻到《马可福音》开头的地方。他决定饭后念给他们听听,一方面练练口译,另一方面想看看他们是不是理解。使他吃惊的是,他们居然全神贯注地倾听,默不作声,表现出极大的兴趣。也许封皮上的金字增添了他的权威。他们的血液里就有宗教信仰,他想。他又想,从古至今人们老是重演两件事:一条迷航的船在内海里寻找向往的岛屿,一个神在各各他①给钉上十字架。他记起拉莫斯·梅希亚英语学校的演讲课,站直了宣讲《圣经》里的寓言故事。

古特雷一家为了不耽误听福音,匆匆吃完烤肉和沙丁鱼。

总管的女儿有头羔羊,特别宠爱,还给它扎了一条天蓝色的缎带,一天给带刺铁丝网刮伤。他们想用蜘蛛网给羔羊止

① 各各他,意为髑髅地,在耶路撒冷城西北,《圣经·新约》中耶稣基督被钉十字架的地点。

血;埃斯比诺萨用几片药就治好了。这件事引起他们的感激使他惊异不止。最初他对古特雷一家不很信任,把他带来的二百四十比索夹在一本书里;如今主人不在,他代替了主人,吩咐他们做什么事有点怯生生,但是他的命令立即照办。他在房间里和走廊转悠时,古特雷一家仿佛迷途的羔羊似的老是跟着他。他朗读《圣经》时,注意到他们把他掉在桌子上的食物碎屑小心翼翼地收集起来。①一天下午,他们在背后谈论他,言语不多,但满怀敬意,被他偶然听到。《马可福音》念完后,他想在另外三部福音书中挑一部从头朗读;总管请求他重复已经念过的,以便加深理解。埃斯比诺萨觉得他们像是小孩似的,喜欢重复,不喜欢变化翻新。一晚,他梦见《圣经》里的大洪水,这并不奇怪;他被建造挪亚方舟的锤击声吵醒,心想也许是雷声。果然如此,本来已经减弱的雨势又变本加厉,寒气袭人。总管他们告诉他暴雨摧毁了工具棚的屋顶,等他们修好大梁之后再带他去看。他已经不是外人了,他们待他毕恭毕敬,甚至宠他。他们自己谁都不爱喝咖啡,但总是替他准备一杯,还加了不少糖。

暴风雨是星期二开始的。星期四晚上,门上轻轻的剥啄声唤醒了他,出于猜疑,他老是锁门的。他起来打开门:是那个姑娘。黑暗里看不清,但从脚步声上知道她光着脚,随后上了床

---

① 《圣经·新约》开头的四福音是耶稣门徒马太、马可、路加、约翰记载的耶稣言行录。《马可福音》第六、八两章提到耶稣用五个和七个饼、几条鱼和掰开时掉下的碎屑分给五千和四千人进食,让大家都吃饱了。

时知道她是光着身子从后屋跑来的。她没有拥抱他，一言不发；只是挨着他躺在床上，筛糠似的哆嗦。她还是第一次同男人睡觉。她离去时没有吻他；埃斯比诺萨心想，她连他的姓名都不知道。出于某种他不想了解的隐秘的理由，他暗暗发誓到了布宜诺斯艾利斯决不把这件事告诉任何人。

第二天和前几天一样开始了，只是姑娘的父亲主动找埃斯比诺萨搭话，问他耶稣基督是不是为了拯救世人才让人杀死的。埃斯比诺萨本来是不受宗教思想束缚的自由思想者，但觉得有责任为自己念给他们听的福音辩护，回答说：

"是的。为了拯救世人免堕地狱。"

古特雷接着又问：

"地狱是什么？"

"地底下的场所，那里灵魂不断受到煎熬。"

"给耶稣钉上钉子的人也能得救吗？"

"能，"埃斯比诺萨回说，对自己的神学知识并无把握。

他担心总管责问他昨夜同那姑娘干的事。午饭后，他们请他再念最后几章。

埃斯比诺萨午睡了很久，但睡得很浅，不停的锤子声和模糊的预感一再使他惊醒。傍晚时他起身到走廊上。他仿佛自言自语地大声说：

"水开始退了。要不了多久。"

"要不了多久，"古特雷像回音似的学了一遍。

三个人跟在他背后。他们在石砌地跪下，请求他祝福。接着，他们咒骂他，朝他吐唾沫，推推搡搡把他弄到后屋。姑娘直哭。埃斯比诺萨明白门外等待着他的是什么。他们把门打开时，他看到了天空。一只鸟叫了；他想：那是朱顶雀。工具棚顶不见了；他们拆下大梁，钉了一个十字架。

布罗迪报告

我亲爱的朋友保林诺·凯恩斯替我弄到一套莱恩版的《一千零一夜》(伦敦,1840)。我们在第一卷里发现了一份手稿,我现在把它翻译成西班牙文。工整的笔迹——打字机的推广使书法这门艺术逐渐失传——表明手稿的年代和抄本相同。莱恩抄本以详尽的注解著称;边白上加了许多文字和疑问号,有时还有修订,笔迹和抄本一模一样。可以说,使抄本读者更感兴趣的并不是山鲁佐德的奇妙的故事,而是伊斯兰教的风俗习惯。手稿末尾有大卫·布罗迪红色的花体签名,此人生平不详,只知道他是阿伯丁出生的苏格兰传教士,在非洲中部宣扬基督教义,由于懂葡萄牙文,后来又去巴西的某些丛林地区。我不清楚他去世的年份和地点。据我所知,这份手稿从未刊印过。

手稿用四平八稳的英文撰写,我如实翻译,除了某些引用《圣经》的段落和那位正派的长老会教士难以启齿而用拉丁文写的、叙述雅虎①人性行为的奇文之外,我不作任何删节。手稿缺第一页。

"……猿人出没的地区居住着墨尔克人,我权且称他们为雅虎,让读者联想起他们野蛮的天性,并且由于他们佶屈聱牙的语言里没有元音,不可能确切地予以音译。包括居住在南部丛林中的纳尔人在内,我估计这一部落的人数不超过七百。这个数字仅仅是猜测,因为除了国王、王后和巫师以外,雅虎人没有定居点,每晚人在哪里就随便找个地方过夜。疟疾和猿人的经常入侵削减了他们的人数。他们中间有名字的人很少。招呼别人时,他们扔泥巴引起注意。我还见过有的雅虎人招呼朋友时自己躺在地上打滚。他们的体形和克罗人无甚区别,只是额头低一些,皮肤略带古铜色,显得不那么黑。他们的食物是果实、植物的根和爬虫;喝的是猫奶和蝙蝠奶,空手捕鱼。他们进食时要找隐蔽的地方,或者闭上眼睛;此外干任何事都可以当着别人的面,像犬儒派哲学家一样不以为耻。他们撕食巫师和国王的尸体,以便沾光求福。我指摘这种恶习;他们却用手指指嘴,再指指肚子,也许是想说明死人也是食物,也许是要我理解,我们所吃的一切到头来都会变成人肉,不过这一点恐怕过于微妙了。

---

① 雅虎,爱尔兰作家斯威夫特长篇小说《格列佛游记》中有恶癖的人形兽,博尔赫斯借用了这个名称。

"他们打仗的武器是石块（储存了许多）和巫术诅咒。老是赤身裸体，还不知道用衣服或刺花蔽体。

"值得注意的是他们有一块辽阔的高原，上面草木葱郁，泉水清澈，但宁愿挤在高原周围的沼泽地里，仿佛炙热的阳光和污泥浊水能给他们更大的乐趣。高原的坡度陡峭，可以形成抵御猿人的围墙。苏格兰的高地部族往往在小山顶上建造城堡；我向巫师们提过这种办法，建议他们仿效，但是没用。不过他们允许我在高原搭一个茅屋，那里晚上凉快多了。

"部落由一位国王进行专制统治，但我觉得真正掌权的是那四个挑选国王、左右辅弼的巫师。新生的男孩都要仔细检查；如果身上有某种胎记（这一点他们对我讳莫如深），便被尊为雅虎人的国王。下一步是使他伤残，烙瞎眼睛，剁去手脚，以免外面的世界转移他的圣明。他幽居在一个名叫克兹尔的洞穴王宫，能进去的只有四个巫师和两个伺候国王、往他身上涂抹粪土的女奴。如果发生战争，巫师们把国王从洞里弄出来，向全部落展示，激励他们的斗志，然后扛在肩上，当做旗帜或者护身符，直奔战斗最激烈的地点。在这种情况下，猿人扔来的石块国王首当其冲，一般立即驾崩。

"王后住在另一个洞穴宫殿，不准她去见国王。她屈尊接见了我；王后很年轻，面带笑容，以她的种族而论，算是好看的。她赤身裸体，但戴着金属和象牙制的手镯，动物牙齿串成的项链。她看看我，用鼻子嗅，用手触摸，最后当着所有的宫女的面要委身于我。这种恩典常常赐给巫师和拦截过往商队、掳掠奴隶的猎人；我身为教士，并且有自己的风俗习惯，谢绝了王后的恩典。她便用一枚金针在我身上扎了两三下，这是皇家恩赐的标志，不少雅虎人自己扎，冒充是王后给他们刺的。我刚才提到的装饰品来自别的地区；雅虎人认为是天然产品，因为他们连最简单的物品都不会制作。在那个部落看来，我的茅屋是一株天生的树，尽管不少人见到我建造，还帮我忙。我带来的物品中有一块表、一顶铜盆帽、一个罗盘和一本《圣经》；雅虎人观看抚弄这些东西，想知道我是在哪里采集的。他们拿我的猎刀时总是抓住刀刃，毫无疑问，他们另有看法。我不知道他们到哪里才能见到椅子。有几间房间的屋子对他们说来就是迷宫，不过他们像猫一样也许不至于迷路，尽管琢磨不出其中道理。我当时的胡子是橙黄色，他们都惊异不已，要抚摩好长时间。

"他们没有痛苦和欢乐的感觉，只有陈年的生肉和腐臭的东西才能让他们高兴。他们没有想象力，生性残忍。

"我已经介绍过王后和国王；现在谈谈巫师。上面说过，巫师一共四个；这是他们计数的最大限度。他们掰指头数一、二、三、四，大拇指代表无限大。据说布宜诺斯艾利斯附近的游牧部族也有同样情况。虽然他们掌握的最大数字是四，同他们做交易的阿拉伯人骗不了他们，因为交易时每人都把货物分成小堆摆在自己身前,每堆分别放一、二、三、四件东西。交易过程缓慢,但绝不会出差错或诈骗。雅虎部族唯一使我真正感兴趣的人是巫师。平民百姓认为巫师有法力,可以随心所欲把别人变成蚂蚁或者乌龟;有个雅虎人发觉我不信,便带我去看一个蚁冢,仿佛这就是证据。雅虎人记性极差,或者几乎没有;他们谈到豹群袭击,使他们死伤惨重,但说不清是他们自己亲眼目睹的,是他们祖先看到的,还是梦中所见。巫师们有记忆力,不过所记有限;他们下午时能记起上午的事,最多能记起昨天下午的事。他们还有预见的本领;能蛮有把握地宣布十分钟或十五分钟以后将要发生的事情。比如说,他们会宣布:'有个苍蝇要叮我的后颈了。'或者:'我们马上就会听到鸟叫。'这种奇特的天赋我目睹了不下几百次,颇费我思量。我们知道,过去、现在和将来都储存在永恒的上帝的预见的记忆里;奇怪的是人能够无限期地记起过去的事情,却不能预见将来。既然我能清晰地记起四岁时从挪威来的那艘大帆船的模样,那么有人能预见马上就要发生的事情,又有什么奇怪呢?从哲学观点来说,记忆和预知未来一样神奇。希伯来人通过红海①是离我们很远的事,但我们记忆犹新,明天离我们要近得多,为什么不能预知呢?部落成员不准抬眼观望星辰,

---

① 希伯来人不堪法老虐待,在摩西率领下逃出埃及,后有追兵前有红海,危急之际摩西奉上帝指示举杖伸向大海,海水一分为二,他们得以通过。见《圣经·旧约·出埃及记》第十四章。

这是巫师特有的权利。每个巫师都带一名徒弟,从小教导秘密本领,巫师死后就由徒弟接替。巫师数目始终保持为四个,这个数字带有魔力性质,因为它是人们思想所能达到的极限。他们按照自己的理解信奉地狱和天堂之说。两者都在地底。地狱明亮干燥,居住的是老弱病残、猿人、阿拉伯人和豹;天堂泥泞阴暗,居住的是国王、王后、巫师,以及生前幸福、残忍、嗜杀的人。他们崇拜一个名叫粪土的神,也许按照国王的形象塑造了神的模样:断手缺脚、佝偻瞎眼,但权力无边。有时神也有蚂蚁或者蛇的模样。

"根据以上所述,我在当时传教期间未能使一个雅虎人皈依基督,也不足为奇了。'圣父'这个词叫他们摸不着头脑,因为他们没有为父的概念。他们不明白九个月以前干的一件事能和小孩的出生有什么因果关系;他们不能接受如此遥远而难以置信的原因。此外,所有的女人都有交媾的经历,但不都生孩子。

"他们的语言相当复杂,同我知道的任何语言都没有相似之处。我们无法用词类来分析,因为根本没有词句。每个单音节的词代表一个一般的概念,具体意思要根据上下文或面部表情才能确定。举例说,'纳尔兹'一词表示弥散或者斑点;可以指星空、豹子、鸟群、天花、溅洒、泼洒的动作,或者打败之后的溃逃。相反的是,'赫尔勒'一词表示紧密或浓厚;可以指部落、树干、一块石头、一堆石头、堆石头的动作、四个巫师的会议、男女交媾或树林。用另一种方式发音，或者配上另一种面部表情，每一个词可以有相反的意思。这一点并不使我们特别惊奇；我们的文字中，动词'to cleave'①就有'劈开'和'贴住'两种截然不同的解释。当然，雅虎人的语言里没有完整的句子，甚至没有干句。

　　"相似的文字要求抽象思维，这一点使我认为雅虎民族虽然野蛮，但并非不开化，而是退化。我在高原山顶上发现的铭文证实了这一猜度，铭文中的字母和我们祖先的卢纳字母②相似，如今这个部落已不能辨认了。他们好像忘掉了书面文字，只记得口头语言。

　　"雅虎人的娱乐是斗经过训练的猫和处决犯人。凡是对王后施行非礼或者当着别人的面吃东西的人都有罪；不需证人陈述或者本人供认，由国王作出有罪判决。被判刑的人先要受种种折磨，我不想在这里描述惨状，然后由众人扔石块把他砸死。王后有权扔出第一块和最后一块石头，扔最后一块时犯人早已

---

① 英文 cleave 一词既作"劈开"又作"贴住"解。《圣经·旧约·约伯记》第二十九章第十节"舌头贴住上腭"和《创世记》第二十二章第三节"亚伯拉罕劈好了燔祭的柴"中"贴住"和"劈开"原文都是 cleave，但意思截然相反。作"劈开"解的 cleave 在中世纪英语中是 cleven，在古代英语中是 cleofan；作"贴住"解的 cleave 则分别为 clevien 和 cleofian。翻译钦定本《圣经》的学者们一时疏忽，看漏了区别两词的 i 字母，一概译为 cleave，造成混乱，延续至今。
② 卢纳字母，古代日耳曼民族，尤其是盎格鲁-撒克逊和斯堪的纳维亚人使用的字母。为便于在木版上刻出，字母没有横向笔画。

气绝。公众称颂王后的熟练和她生殖器官的美丽,狂热地向她欢呼,朝她抛玫瑰花和恶臭的东西。王后一言不发,只是微笑。

"部落的另一个风俗是对待诗人的做法。成员之中有人偶尔会缀成六七个莫名其妙的字。他喜不自胜,大叫大嚷地把这几个字说出来,巫师和平民百姓匍匐在地,形成一个圆圈,他站在中央。如果那首诗引不起激动,那就无事;如果诗人的字使人们惊恐,大家怀着神圣的畏惧,默默远离。他们认为鬼魂已附在诗人身上;任何人,甚至他母亲,都不同他说话,不敢看他。他已不是人,而是神,谁都可以杀掉他。那个诗人如有可能就逃到北方的流沙地去藏身。

"我已经说过当初是怎么来到雅虎人的国度的。读者或许记得,他们把我团团围住,我朝天开了一枪,他们认为枪声是神雷。我将错就错,以后尽可能身边不带武器。春天的一个早晨,天刚亮时,猿人突然向我们进攻;我拿了枪从山顶跑下去,杀了两个猿人。其余的仓皇脱逃。子弹速度极快,是看不见的。我生平第一次听到人们向我欢呼。我想王后就在那时接见了我。雅虎人的记忆力太差;当天下午我出走了。在丛林中的经历没有什么可谈的。我终于找到一个黑人居住的村落,他们会耕种、祷告,还能用葡萄牙语和我交谈。一位讲罗马语系语言的传教士,费尔南德斯神甫,让我住在他的茅屋里,照料我,直到我恢复体力,重新踏上艰辛的路程。起初我见他毫不掩饰地张开嘴巴,把食物放进去,觉得有点恶心。我用手蒙住眼睛,或者望着别处;几天后,我才习惯。我记得我们在神学方面作了一些愉快的探讨。我没能使他回到真正的基督教义上来。

"目前我在格拉斯哥①写这份报告。我只叙述了我在雅虎人中间生活的情况,并未谈到他们可怕的处境,他们的悲惨情景一直在我脑海中萦绕,做梦也见到。我走在街上时觉得他们仍在周围。我明白,雅虎人是个野蛮的民族,说他们是世上最野蛮的也不过分,然而无视某些足以拯救他们的特点是不公正的。他们有制度,有国王,使用一种以共同概念为基础的语言,像希伯来人和希腊人一样相信诗歌的神圣根源,认为灵魂在躯体死亡后依然存在。他们确信因果报应。总之,他们代表一种文化,正像我们一样,尽管我们罪孽深重,我们也代表一种文化。我和他们一起战斗,反抗猿人,并不感到后悔。我们有责任挽救他们。我希望这份报告冒昧提出的建议能得到帝国政府的考虑。"

① 格拉斯哥,苏格兰港口城市,工商业发达。

图书在版编目(CIP)数据

恶棍列传/[阿根廷]博尔赫斯(Borges, J. L.)著;王永年译. —杭州:浙江文艺出版社,2008.2
(博尔赫斯作品系列)
ISBN 978-7-5339-2568-0

Ⅰ.恶... Ⅱ.①博...②王... Ⅲ.短篇小说—作品集—阿根廷—现代 Ⅳ.I783.45

中国版本图书馆 CIP 数据核字(2008)第 004913 号

恶棍列传 [阿根廷]豪·路·博尔赫斯 著   王永年 译

丛书策划 王晓乐

责任编辑 王晓乐

装帧设计 唐 筠

浙江文艺出版社出版发行 www.zjwycbs.cn

杭州体育场路 347 号 310006 0571—85064309(市场部)

浙江省新华书店集团有限公司经销

杭州富春印务有限公司印刷

开本 850×1168 毫米 1/32 印张 5.75 字数 99 千字

2008 年 2 月第 1 版 2008 年 2 月第 1 次印刷

ISBN 978-7-5339-2568-0

定价:(精)22.00 元